沒關係，是伊坂啊！

他的3652日

伊坂幸太郎 著
張筱森 譯

目錄

2004年

2005年

2006年

2007年

2008年

2009年

2010年

2011年

2012年

2013年

2014年

2000年

我被一些影像和文章影響，直到至今……[1]

我在人生中受到很多話語的影響，我想稍微談其中一些。

例如《何謂繪畫》這本書。

這是父親在我十幾歲時送我的書，書腰上有這麼一段話：

「人生只有一次。若能將這一生都奉獻給『想像力』，那該多幸福。」

這句充滿魅力又不負責任的話，煽動了我。

例如電影導演麥克·李（Mike Leigh）的訪問。

採訪者提到他的電影總是非常隨性的方式結束，他回答，「觀眾透過電影踏上一段旅程。只是當某個時間點來到時，電影會告訴觀眾『你已經開始你的旅程了，我們會留在這裡，而你要繼續往前。』」我在看到這段話時，理解到我就是想寫這樣的小說。

例如獎項的投稿條件。

1　這是在《奧杜邦的祈禱》發售前，獲得新潮推理小說俱樂部獎之後立刻寫下的雜文。這是我接到的第一份邀稿，我記得當時我還打電話去投稿指南請教說「什麼是校對樣？」接電話的人非常親切地回答了我的問題。我心想如果不好好寫出這篇雜文，可能就接不到其他工作了，所以覺得一定要有什麼創意才行，所以「引用」了很多內容。在這之後，只要寫雜文，我就會花很多時間思考要在文章裡放進什麼創意。

我確實是隨自己高興地寫完想寫的小說，可是不知道該投給哪個獎項。這時，無意間讀到擔任評審的奧泉光[2]先生的話。「閱讀著已存書頁的話語，本身就會湧出快樂。」對、對，就是這樣，小說就是如此，於是我將寫作技巧擺在一邊，單純品味寫作的快樂。

例如獎項的選評。

我發現馳星周先生寫過相當挑釁的選評[3]。

「我雖然擔任新人獎評審，但是新人獎稿件基本上都很無聊。」這樣啊，那我就把自己寫的東西寄給他看看吧，這句話如此激勵了我。

我雖然希望自己能寫出原創作品，但也受到很多影像和文章影響，想必今後仍舊如此。如果可以，我希望未來寫得出將這些影響反芻後消化的小說。能這麼計畫，就是自由吧。

〈獎項與臉孔〉《投稿指南》二〇〇〇年十二月號

2　第二屆推理小說俱樂部獎投稿規則中的話。

3　這是推理小說俱樂部獎的選評。「把自己想寫的東西寄去給他看看吧」的說法真是太跩了（笑）我的業餘時代都是這種心態，是我這十年以來最有自信的時候（笑）。

2001年

焦糖爆米花[1]

父親[2]和我的年紀並沒有差很多，硬要說的話比較接近年紀比我大上一點的朋友。寫信給父親讓我有點不好意思，不過或許可以用書信的方式來寫關於父親的事情，就像向人介紹朋友。

父親是很有行動力的人。

「能做的事情就要馬上做。」他常常這麼說。如果衣服沾到湯汁，便立刻拿起抹布擦拭，「不管什麼事，只要馬上去做，大概都能解決。」

他的執行力和判斷力都很優秀，有著比一般人強上許多的正義感。比起一成不變、平穩的每一天，碰上什麼騷動或事件時，他更充滿活力。

比如說自己的店發生突發狀況，或是附近出現了有困擾的人，本來還在漫不經心地攤開賽馬報，給不可能出現的黑馬畫紅線的他，會立刻挺直背脊，神情變得精悍，像是個突如其來的指導者般地開始行動。

1　這是出道前，我進入山多利推理小說大獎決選時，讀了我作品的編輯邀稿作品。我記得當時我很害怕如果沒有這種邀稿，就完蛋了。我大概有點想把這篇文章寫得像首歌，「在我小時候他就是這樣的人，想必到了現在也沒有任何改變吧。」就是副歌。

2　這篇文章把父親寫得像個大好人似的，真是失敗了（笑）老家的牆上貼著父親寫的「十訓」。父親曾經更新過一次為「新十訓」。上頭有「必在我小時候他就是這樣的人，想必到了現在也沒有任何改變吧。父親是充滿善意的人。

「只在乎自己的人，身邊的人都會離開。」他常常這麼說。小時候，我跟他一起洗澡的話，他會一邊攪動洗澡水說，「你看，如果一直把水划向自己這邊，那麼反而水都會噴到另一邊去。」

回想起來，我從來沒看過父親爲了自己的利益四處奔走的模樣，他似乎在讓別人感到開心時，看起來最幸福。

他爲了別人盡心盡力，有時候甚至會將自己少少的積蓄也投進去，結果遭到背叛後，得了意料之外的憂鬱症，整個人都垮了下來。

在我小時候他就是這樣的人，想必到了現在也沒有任何改變吧。

父親是很有正義感的人。

「錯的事情就是錯的，一定要有人指出來才行。」他常常這麼說。

比如說，如果出現想趁他人的無知佔便宜的人，或是擁有權力的某種組織開始欺凌弱者，他便會變臉暴怒。

須要有興趣，不然老了之後會很辛苦」之類的人生座右銘。不過實際上，現在的父親並沒有任何興趣，感覺真的很辛苦（笑）

3 也有人認為有爆米花就好了。不知道哪邊才是多數派，我有些在意。

他沒有任何影響力，不過或許他無法忍受什麼都不做，流淚入睡吧。

只是父親能發揮力量的狀況幾乎都不是這種的。大抵都是他認爲焦糖爆米花[3]裡的花生量和包裝照片上不同，便奮起打電話去食品公司抗議說，「我是爲了大家戰鬥的。」之類的事情。

在我小時候他就是這樣的人，想必到了現在也沒有任何改變吧。

〈給父親的信〉《ALL讀物》二〇〇一年三月號

冷硬派作家拯救他人的故事

五年前的一月，我杵在派對會場，與其說悲哀不如說愣住了。

當時是推理小說新人獎的公開評審會議1結束後。我的小說遭到所有評審委員嚴格檢視和批評，理所當然沒得獎；記者會及採訪當然也和我無緣。因此我和負責接待的廣告公司員工立刻離開了現場。沒有人影的派對會場空蕩蕩，靜悄悄。完全不能喝酒的我手足無措地站在入口附近。

我回想起評審委員的話，內心十分失落。自己喜歡的地方一直被指謫「這裡不好，那裡不行。」，讓我思考著寫小說到底還有什麼意義。

就在這時，忽然一群人湧進了會場。我到現在都還記得清清楚楚，吵雜的人聲和腳步聲迅速流過，轉眼之間只剩我被留在原地。

這時，有人拍了我的肩膀。

是評審委員之一的北方謙三先生。他和編輯一起匆忙走進會場，拍了拍

1 這是距今十九年前《凝眼的壞蛋們》進入第十三屆山多利推理小說大獎決選時的評審會議的事情。在評審會議還沒結束時，我就想放棄寫小說了。不過負責接待我的廣告公司員工在結果發表後，跟我說，「我覺得你的故事最有趣，請繼續寫下去。」令我受到了很大的鼓勵。

正好在入口附近的我肩膀說，「等下來找我，我有話跟你說。」他之後告訴我，「就是盡量寫，寫個幾千張稿紙也沒關係。」、「就算被踩在腳下，被批評得體無完膚也要寫。」、「如果是更單純的故事，一定沒問題。[2]」

或許北方先生總是這樣激勵年輕的小說創作者。或許到明天，他就忘了我。我這麼想時，卻也覺得北方先生拯救了我。

除了北方先生，會場內的編輯及接待人員也都以溫柔的言語鼓勵我。不過，如果沒有北方先生那句「等下來找我」，我可能就不會想再寫了。

我繼續寫小說，很幸運地最近終於能出版一本書。但就算不是這樣，我也不會失去寫小說的喜悅，現在也會繼續寫下一篇小說。

〈聚光燈〉《週刊小說》二〇〇一年五月十一號

2　北方先生的這句話給我了非常大的勇氣。託那位廣告公司員工和北方先生的福，我才能打從心裡決定「好，明天開始繼續寫。」我至今都認為他們兩位是我的恩人。後來我有機會見到北方先生，他果然說「我不記得了，不過我常常對人這麼說。」（笑）只是這裡講到要「寫單純的故事」，但我的出道作《奧杜邦的祈禱》卻是「會講話的稻草人」的故事，這真的有點說不上遵守北方先生的教誨呢（笑）

2002年

民俗療法狂熱分子[1]

父親[2]是民俗療法狂熱分子。這麼說他，他大概會生氣地回，「就是因爲你把我當笨蛋，我的身體才會不好。」不過「狂熱分子」這個說法有「病」的意思，我不覺得將「民俗療法」和「狂熱分子」合在一起很怪。

「應該有八十種以上。」父親說。這是他嘗試過的民俗療法種數。父親長久以來身體都不好，但是原因不明，令他很困擾。時間長達十年以上，所以他開始嘗試民俗療法。

我問他嘗試過哪些方法[3]，他告訴我各式各樣的療法。

首先是對身體好的食物、果汁之類，再來是透過郵購買的健康商品。還有氣功、坐禪，這兩種都很棒，父親這麼說。

他提到在上海認識，很厲害的氣功師傅。那位和尚一見到父親，立刻接二連三地將他身體不舒服的地方和症狀都指了出來。

1　這篇雜文是我在辭掉工作之後寫的。關於離職，因為討厭讓人擔心，我很長一段時間都瞞著責任編輯。

2　我沒有特別意識到自己寫了很多父親的事情，不過他確實是個很具話題性的人。母親對於這點總是感到有點懊惱（笑）

3　父親當時回了一封他嘗試過的民俗療法一覽表的電子郵件給我。

父親很感動，似乎把對方當成大海裡的浮木。

「怎麼做才能改善呢？」他問對方，對方說，「讀《西遊記》[4]吧。」

這又不是什麼禪學問答，雖然父親這麼想，不過他還眞的讀了《西遊記》。他在這點上很了不起。後來他又去見一次氣功師傅，告訴對方自己雖然讀了《西遊記》，但還是沒有改善，而對方這次告訴他，「去打坐吧。」

除此之外，他還嘗試了各式各樣的民俗療法。

斷食道場、抄寫經文、買下佛壇、購入墓地、旅行、按摩、波動治療、氮氣療法、緩和療法、自律訓練法、靈視、吹箭健康法、巡禮「秩父三十四靈所巡禮」、「四國八十八靈所巡禮」、負離子棉被、用橡皮管將身體捲起來的健康法、供養祖先、健走、提升免疫力整脊、不穿內褲健康法、心理諮詢、腹式呼吸健康法、落語、鍺療法、般若心經、音樂療法，喝溫泉水療法等等。

簡單列舉一下也有這麼多，還有幾個光聽名字也不知道究竟怎麼回事。

「吹箭健康法」很有名嗎？

4　真沒想到幾年之後我居然寫了《SOS之猿》。

5　以前父親參加過氣功旅行之類的活動。回來之後，他說要教我呼吸法，然後一邊看著手抄的呼吸方法，一邊指導我。指導到一半，他忽然重新翻頁說，「啊，不對，這是靈魂出竅的方法。」真是太危險了，我差點就飄到半空中了（笑）

與其說父親的健康狀況到現在都沒有改善，不如說他內心恐懼著萬一變健康了，就沒辦法再追尋[5]民俗療法了。

最近父親困惑地笑著說，「活著這件事對健康最不好。」原來如此，或許真的就是這樣呢，我不由得佩服起來。

〈狂熱分子！〉《小說現代》二〇〇二年五月號

美式咖啡遊戲

站在咖啡店入口，我想起十幾歲時參加籃球隊[1]的事情。當時，我們經常練習罰球[2]。大家輪流投球，一直投到有人失敗爲止。挑戰究竟會有幾人連續投進，持續愈久愈好。但當「萬一紀錄被打斷怎麼辦？」的壓力愈來愈大時，麻煩就出現了。意外的是，我抓到將這種緊張感轉換成集中力的訣竅，所以很少失敗。明明我根本很少上場。

此時站在咖啡店櫃臺前的我，有著與當時相同的感受。

將近十個客人依序排在櫃臺前，從剛才開始眾人就重複著同樣的點單。

「請問您要什麼？」

「美式咖啡。」

「請問您要什麼？」

「美式咖啡。」

1 我中學時參加了籃球隊。如果當年有《灌籃高手》，我應該會更努力練習（笑）講到當時的運動漫畫，就是《足球小將翼》。籃球漫畫大概只有《衝吧，勝平》。

2 我很容易緊張。不過自從能暗示自己擅長罰球，就變得很順利了。

富節奏感的對話已經持續了五個客人，實在令人心情愉快。

我立刻意識到這和當年的罰球練習一樣。在沒有人失敗，大家都遵守規則，接力完成某件事上，和當年投球練習一樣。這個社會經常在毫無徵兆的情況下出現這種遊戲。

這種時候的正確行動當然是說出「美式咖啡」，我已經徹底掌握局勢。輪到我了，我毫不猶豫地點了「美式咖啡」。我享受著完成任務的滿足感，伸手拿櫃臺旁邊的砂糖。

就在這時，我身後的女性往前踏出了一步。

「請問您要什麼？」

「熱可可。」

我也知道不應該盯著失敗的選手看。我只是接下自己的杯子，輕輕嘖一聲。我不動聲色地走進店內，內心則有著如此鼓勵對方的餘裕：「雖然出錯了，不過不用放在心上，下次再努力就可以了。」[3]

〈On Stage〉《月刊J-novel》二〇〇二年十二月號

3　這是我在一大早為了工作前往咖啡店時發生的事情。我記得是在我被《天才搶匪盜轉地球》和《重力小丑》追著跑的時候。這時我已經辭掉工作，沒有其他地方可去。只能去咖啡廳尋找雜文的題材。當時我剛成為專職作家，老實說，每天都非常不安。我很喜歡這篇雜文，不過我想我應該沒有嘖了一聲吧（笑）

2003年

B型、席格與優格

某月某日

當我在咖啡廳休息時，隔壁桌是一群女性圍著一名中年男性。看起來，那名男性是中途錄取的新進業務，而那群女性是前輩。那名男性說著我能好好做下去嗎？聽到他的問題，那群女性便鼓勵他，「你是B型[1]，沒問題啦。很多B型的人不容易消沉，很適合當業務喔。」這話聽起來實在有點奇妙。我不解地想著可以用這種理由來解釋嗎？不過那名男性口吻輕快地回應說，「哈哈哈，這樣啊。」不禁覺得好像不須爲他擔心了。

我坐在隔壁讀著《光天化日》[2]（結城昌治著・角川文庫）這本書描述曾是超級扒手的中年男人，大展拳腳地將整個村莊打造成順手牽羊的集團。這個集團內有專屬律師，也有專爲解決問題存下的財產，主角還會和不打不相識的老鳥刑警周旋，熱鬧非凡。雖然世上存在許多壓迫眾人的沉重問題，

1　我也是B型，不過小時候不知為什麼我頗為抗拒自己是B型這件事（笑）拚了命要讓自己不要那麼B型。因此直到成年為止，我都很不擅長血型這個話題。順道一提，因為自己是B型，那麼拿來開玩笑也無妨吧，所以把《瓢蟲》裡的檸檬設定為B型了（笑）

2　池上冬樹先生曾經在《Lush Life》的書評裡提到，這本書讓他想起結城先生的小說，所以我才會讀這部小說。

但我不禁覺得就算小說和這些事都無關，小說的存在仍有其價值。後記的最後有兩句話，讓我非常感動。我想結城昌治一定非常喜歡這部作品。

——再會，諸位小偷朋友。

和他們分離實在令我難受。

某月某日

我一早就開始讀《青梅雨》（永井龍男著．新潮文庫）。說來真不好意思，我至今都沒讀過這本書。平順推進的故事當中，唐突出現的幽默橋段實在讀來心情愉快。其中一篇短篇〈電報〉的結尾，讓我捧腹不已。我有個超任性的書籍分類，叫做「結尾超可愛的書」[3]，這篇作品就屬於這個分類。井伏鱒二的〈約瑟夫與女大學生〉，以及岩館眞理子的漫畫〈又是八月的美術館〉也是這個分類的同伴。我不太想跟讀完這些作品後，感想只有「所以

3　雖然很無聊，但就是可愛。我喜歡如此結尾的故事。我的小說裡也有毫無意義，很無聊的結尾（笑）

怎樣？」的人當朋友。雖然不知道完成度和評價，不過就像找到有共通幽默感的同伴，會很高興。我想作者創作〈電報〉時應該寫得很快樂。

有點晚了，不過我終於翻開《THE END》（眞鍋昌平著・講談社）第四集。我一直以爲這是大格局的故事，但可能出什麼狀況，突如其來就是最後一集了，讓我有點訝異。這部作品的魅力來自詭異和帥氣混合得恰恰好的畫風，以及奇特的劇情，如此結束令我十分遺憾。然而，這種結束方式也很厲害。如果我是在十幾歲時讀到這部作品，一定會心頭糾結到好幾天都沒辦法上學。雖然充滿絕望，卻有著不可思議的爽快。

現在的小說和電影很流行所謂的「能哭就是好作品」的風潮，但是漫畫已經來到了「雖然不會落淚，但是很感動。」的境界了，我不禁很自以爲是地想。不過我立刻就想不可以這麼自以爲是，好好反省了一番。

某月某日

在車上聽廣播[4]時，喇叭裡傳來主持人的聲音，「接下來是來自史蒂芬・席格先生的點播。」讓我嚇了好大一跳。過了一陣子，我才發現可以不用眞名點播。搞什麼，原來不是本人啊[5]。

我讀完《A2》（森達也・安岡卓治共著・現代書館）了。這本書記述著奧姆眞理教信徒紀錄片〈A〉續集〈A2〉的拍攝過程和插曲，非常好看。聚焦於奧姆眞理教信徒和當地居民的對立，題材本身就相當引人入勝，不過我覺得這本書告訴我更具普世價值的道理。這和正義感或企圖提出強加於人的議題無關，而是「想要判斷事情，必須要有覺悟。沒有這種覺悟卻輕率判斷的人未免太多了。」

這位作者的書主題每本都不一樣，像是超能力、奧姆眞理教、禁歌等等，每本都很有趣。我覺得作者的立場始終沒有改變，這本書則更加堅定了。後記最後，他寫下這麼一句話，令我非常幸福。

「世界更加豐饒，人們更加溫柔。」

4 我幾乎不聽廣播，和所謂的廣播文化八竿子打不著。可能是因為我都早睡早起吧（笑）

5 席格和接下來的森先生，真是一點關係也沒有呢（笑）我在寫完這篇雜文後，第一次在山形國際紀錄片影展見到了森先生。在會場中，森先生以非常嚴肅的表情看著《少林足球》喔。我想他可能不喜歡這部電影，或者在生氣吧。因為後來，我在續攤時又碰到他，所以問了這件事。結

某月某日

打開電視一看，播出某國解除核能相關設施的禁令、明年起國民生活將更困難等等的消息，淨是令人心情黯淡的新聞。我不禁覺得這是要讓我們振作起來，刻意放出這麼多憂鬱的資訊。

妻子收到所謂的裡海優格菌種[6]。這玩意似乎在社會流行已久，不過是第一次在我家出現。據說放著不管，優格就會自己增加，眞是不可思議。我甚至陷入錯覺，自己可能獲得一棵能無中生有、變出黃金的樹木。

我瞄向播出近期可能發生戰爭的新聞，選擇和妻子一起思考優格。

〈bookmark〉《小說現代》二〇〇三年二月號

果他說，「那片很棒呢，我看得太感動了，看到哭了。」（笑）我就覺得他真是個好人吶。

6　我抱著「不可以讓優格死掉！」的使命感，做了好一陣子的優格。

和平的電影院

唉，又來了。在電影院裡見到途中入場的觀眾，我不禁嘆了口氣。

那似乎是對年輕的男女。約會嗎？明明遲到了，還這樣堂而皇之地走進來，難道沒有違法嗎？可以這麼滿不在乎嗎？更氣人的是居然還走到我前面的位置。哇，眞是太感謝了。畢竟這可是一期一會呢。總之，快給我坐下。

對了，可以脫下帽子嗎？那個帽沿裝飾眞是太擾人了，我都看不到字幕了[1]。對、對，謝謝你願意脫下帽子。等一下，那個亂翹的頭髮怎麼回事？你頭髮朝著半空中，直挺挺地豎起來了喔。要怒髮衝冠的人應該是我吧。還是拜託你把帽子重新戴上吧。

當我這麼想時，後面傳來了喀沙喀沙的聲音。是塑膠袋嗎？你看，銀幕上出現了非常美麗的景色喔，如此寧靜美好的場面。喀沙喀沙、啪哩啪哩的，唉呀，你吃餅乾的聲音太有臨場感了。我完全聽不到電影聲了。碰到你

1　在別的日子去看《駭客任務》的時候，我看到了某個頭髮吹得高高的女人坐在最前面的位置。我心想坐在她後面的人也太可憐了。我坐在後面的位置，想著電影怎麼不趕快開始，低頭重新穿好鞋子，然後抬頭一看，發現那女人移動到我前面的位置了，讓我嚇了一跳。還好，隔壁位置是空的，所以無事解決。但我不禁在內心吶喊「妳剛剛不是還坐在前面嗎？為什麼要換位置？」帽子也很令人在意呢，爆炸頭也是。在電影

實在太令我開心。

接著，斜前方的婦人開口了，對隔壁的男性說，「爲什麼不用對講機，爲什麼？」聲量之大，就連距離她有段距離的我都聽得一清二楚呢。

沒錯，電影主角正拚命地要逃離敵人魔掌，想辦法和同伴取得聯絡。

「用對講機就好了啊。」婦人又說了一句。

她似乎難以接受主角不使用對講機，是啊，明明直到方才都一直拿在手上的啊。可是，妳也沒必要非得現在拿出來問吧？不是嗎？妳回家後再仔細和人討論不就得了？

還是這裡就是妳家呢？

而且啊，我就直說了，剛剛不是有對講機壞掉的場景嗎？明明白白的。妳該不會根本沒在看吧？對講機就是不能用啊！

因爲是部賺人熱淚的電影[2]，逐漸傳來觀眾的啜泣聲。唉，我也好想哭喔，不過是別的原因。

〈不爽日記〉《小說新潮》二〇〇三年五月號

院裡，如果碰到因為各種原因擋住銀幕的人，我總會想起拿著電鋸的人皮臉之類的殺人魔將那些高出一截的人頭全都砍掉的畫面。雖然真的碰到這種事情，我會嚇死（笑）不過還是會想有一天讓他在小說裡登場。

2　這部電影是《衝出封鎖線》（Behind Enemy Lines，2001）。

語言之壁

有人會說自己很害怕專有名詞，我也是其中一員。如果有人在我面前滿不在乎地使用專有名詞，我會覺得好像被排斥了，甚至還會沒來由地感到被瞧不起。有時候會想明明就可以用大家都知道的說法……不過仔細想想，這裡的「大家」到底指哪些人，其實滿可疑的。

大概十年前，我從關東的鄉下小鎮搬到仙台，此時「いずい」[1]（izui）這個未知的字眼聳立在我的面前。

「『いずい』到底是什麼意思？」、「『いずい』就是只有『いずい』才能形容的感覺啊。」、「用大家都懂的說法解釋一下啦。」、「大家都懂『いずい』啊。」

即使我要求說明，也只能獲得如此惡意的回答，一開始我真的非常困惑。這樣啊，原來是要用這種詭異暗號迷惑我，把我趕回去嗎？我甚至不安

1　講到仙台的方言，大家第一個提到的一定是「いずい」，就是這麼有名。一開始別人是這麼跟我解釋的，「就是不小心穿到弟弟內褲的感覺啦」。「がおる」（gaoru）、「いきなり」（ikinari）也曾經令我困惑。因為「がおる」有「ガオ」（GAO）的發音，我本來覺得是很有活力的意思，後來才知道是非常憔悴的意思。而「いきなり」除了有「突然」的意思之外，也有「非常」、「很多」的意思。實際上仙台人

到這麼想。

我無可奈何，只好努力觀察其他人使用這個說法的場合和脈絡。現在，我已經理解這是「大概是『哪裡怪怪的』的意思」，我也經常這麼用。要是現在有外地人問我這是什麼意思，我想我應該是強忍笑意，一臉遺憾地說明，「『いずい』就是只有『いずい』才能形容的感覺啊。」吧。

說到這個，我聽過一件事。

我父母的老家位在信州，那一帶的方言中有「つもい」（tsumoi）「まえで」（maede）的說法。據說前者是「卡住」，後者是「前面」的意思。有時候，當地企業販賣的印表機說明書會有以下內容。

「萬一發生つもい的狀況，請拉まえで的拉桿。」[2]

這份說明書的作者恐怕認爲這是「大家」都知道的字眼，所以一點都不覺得奇怪，但據說這間公司收到來自全國各地的詢問。「つもい是什麼情況呢？」「まえで的拉桿是哪一支啊？」

我覺得如果這家公司以強硬態度回覆「咦，你不知道嗎？這是專門用語

似乎會把它念成「いぎなし」。（iginashi）當我還是上班族時，有天站在印表機前面，前輩過來跟我說「會忽然跑出來喔，小心點。」我以為是紙張會忽然跑出來，做好心理準備，結果是會跑出來很多張紙的意思。我和堅持「這是標準語啦」的前輩查了字典，確認這是方言。

2　這是我從親戚那裡聽來的，說不定是很有名的小故事呢。

喔。」說不定這個詞就會在業界裡延用下來，逐漸在全國流傳。語言或許就是這樣的存在，不知道各位讀者怎麼想呢？

河北新報（早報）二〇〇三年五月十二日

自由的座位

我不擅長英語。託學校的福，我還算能讀英文文章。只是聽或講的實際運用就完全不行。因此，一看到因爲英文手忙腳亂的人便覺得像找到同伴，既開心又放心。前幾天，我遇到這種狀況[1]。我在東京車站的綠色窗口前排隊時，前面是幾個外國旅客。他們似乎不會說日文，站員英文好像也不太行，兩邊爲了買車票花不少時間。如果擅長英文，我就會主動站出來翻譯了，可惜辦不到，只能旁觀他們的互動。

好一會，站員這麼說了，「對號座，還是，呃……」

大概是想問「要對號座還是自由座？」吧，「對號座」的英文是「Reserved Seat」，但站員似乎想不出來「自由座」的英文，所以「呃……」完就陷入沉默。「自由座」的英文大概是「Non-reserved」，但我沒有勇氣告訴站員。大概過三十秒，站員的臉龐忽然亮了起來，我猜

1　這是我在出版《重力小丑》之後，前往東京取材時目擊到的事情。我很喜歡這個小故事，到處跟人說（笑）跟某位編輯說完這件事後，隔天那位編輯就寫信跟我說「我立刻把這件事情拿來當哏了。」

他終於想起來了，但他卻說了出乎意料的話。他問那群旅客「freedom？」「reserved or freedom？」不，「freedom」確實是「自由」沒錯，但是這不一樣吧。外國人也露出不可思議的表情[2]反問，「freedom？」他們應該作夢也沒想到在這裡被問到「自由嗎？」

Freedom，這麼一說，自由座就變得好有魅力，不是嗎？如果有人這麼問我，我應該會想買下自由座的票，我這麼想著，同時覺得那位站員也是我的夥伴呢。

河北新報（早報）二〇〇三年五月十九日

2　被問到「freedom」時，那群外國人臉上的驚訝神情令我印象深刻，他們連反問的聲音都破音了。站在我前面的男性好像會說英文，慌張地替站員打了圓場。我沒有看到事情最後是怎麼發展，不過一定是解決了吧。而我到現在，也仍然不怎麼會講英文。

您好

有人說很討厭那種蟲子[1]。全身泛著黑光，唰唰地迅速移動，早在三億年前就存在地球的那種蟲子。有的人只要看到就覺得天崩地裂、世界末日。我的妻子也是如此。根據新聞報導，伊拉克的海珊也很討厭那種蟲子。前幾天，妻子在廚房裡以前所未有的害怕口吻要我過去，我過去一看，果然是那種蟲子。

那種蟲子就連名字都很嚇人呢。一旦說出口，那兩個字的發音還會令恐懼程度倍增。那麼要不要用「您好，好久不見了」（ごきげんよう、おひさしぶり）稱呼那種蟲子呢？[2]因爲只要把最前面和最後面兩個假名連起來，恰好就是那種蟲子的名字。（譯註）

總之我成功趕走蟲子，不過爲了永絕後患，我放置捕捉陷阱。畢竟敵人可能還在暗處啊。

1　以前仙台好像很少那種蟲子。仙台出身的公司前輩去東京的時候，第一次看到那種蟲子的感想是「這是什麼蟲子啊，好漂亮。」（笑）不過據說那種蟲子如今也會北上了呢。

2　後來，我在寫《魔王》這部作品時，放進了有關這個名字的故事。

3　我曾經想過以那種蟲子為模特兒的超人為主角的小說。和人類同樣大小，為了正義而戰，卻被大家厭惡的悲傷超人。不過好像已經有人寫過不過妻子表示她連回收陷阱都覺得恐怖，所以我準備了別的東西。

沒想到市面上居然開始賣起「將殺蟲劑帶回巢穴，讓牠們全滅」的藥劑，仔細想想還眞殘酷。不過，我雖然覺得人類很任性自私，卻也還是買下那種藥劑放在家裡。

使用後，我覺得還是有點不夠。因爲只是放著不管，不知道究竟有沒有效果？我完全不知道那種蟲子是否眞會把殺蟲劑帶回巢穴，給予其他同伴致命一擊？

這時，我腦中靈光一閃[3]，可不可以設置若是一切順利就會發出聲音的機關呢？每當殺蟲劑殺死蟲子，就會發出「乒砰」的聲音。這種商品不是很棒嗎？我立刻告訴妻子，妻子一臉嫌惡地反駁我，「萬一一直聽到乒砰的聲音怎麼辦？那太恐怖了。」原來如此，確實很恐怖。

河北新報（早報）二〇〇三年五月二十六日

譯註：蟑螂的日文為ゴキブリ，正好是ごき和ぶり的組合。

類似的故事了。肌肉發達扛著巴祖卡火箭筒，擺出百米賽跑起跑的姿勢，為了抓順手牽羊的小偷一直站在便利商店前的男人，我想到可以將他取名為「起跑男」，不過最後還是放棄了這個點子（笑）

高牆

我不知道世間的評價如何，不過丸山健二這位作家的《彩虹啊，褻瀆的彩虹啊》是我非常喜歡的小說。小說描述一名流氓擺脫追殺的過程（可以說是時代錯誤）裡面有一幕場景令我非常深刻。

死神[1]忽然出現在主角面前。嘴上說著「給我老實納命來！」地逼近主角的死神非常恐怖，但主角卻對死神大喊，「你以為你是誰啊！」

我前幾天突然想起這句台詞。

各位讀者知道《別冊東北學》[2]這本雜誌嗎？它是以東北人們和文化為主，由訪問和對談、逐字稿構成的雜誌。

一年出版兩次，這本仔細認眞製作出來的雜誌可讀性極高。最新一期主題是「超越高牆」，談論關於歧視的問題。

以被歧視部落問題為中心的各篇訪問和對談簡單易讀，我讀得津津有

1　在寫《死神的精確度》之前，我完全忘記自己寫過這篇雜文了。

2　出版這本雜誌的編輯本目前成立了名為荒蝦夷的公司，出版了《仙台學》。我在這本雜誌上斷斷續續地發表了不少雜文。這些雜文後來由他們替我出版了《仙台生活》，二〇一五年在集英社出版了文庫版。

味。其中不少令我印象深刻的發言，讓我豁然開朗。有人提到「爲什麼會被歧視？歧視是沒有客觀理由的。如果有，還眞希望有人告訴我。」

就是這樣，生性單純的我點頭如搗蒜。「沒有任何根據就瞧不起別人最可惡了，我絕不會這麼做。」我又讀了別的對談，這次出現這段文字：「在狩獵民族的世界裡，動物和人類的關係只有吃與被吃。等到發展出農耕文化，關係就變成人類可以殺死動物來吃，但動物不可以殺死人類。」

這一瞬間，我覺得這正是在說我，坐立不安起來。我意識到自己毫不在意地噴灑殺蟲劑，還喜歡吃肉。如果有人對我這麼做，我一定會生氣吧。

就這樣，我不禁覺得被動物、大自然指著鼻子大罵，「你以爲你是誰啊！」。

河北新報（早報）二〇〇三年六月二日

等待聯絡

五月，星期五傍晚，我正等著手機[1]響起。

去年在某雜誌發表的短篇推理小說，入圍[2]某個推理獎項的短篇部門。就算落選還是有通知，所以我從評審會議開始的時間就獨自等待。

地點是仙台市公所的「市民的房間」。至於爲什麼特地在這裡等，那就說來話長也不有趣，在此省略。總之，我在市公所一樓等待公布。

老實說，期待得獎的心情有三成，落空的不安則佔七成。

可能是時間，周圍都是啜著熱茶，望著電視上相撲比賽的老人家。

雖然不吵，但也不是很安靜的地方。我擔心著可以在這裡接電話嗎，同時在腦中預習接到聯絡時應該怎麼回答。

我本來不是特別在意好預兆的人，不過在這種時候，不管什麼事情都會賦予期待。想確認茶葉梗有沒有立起來（市民的房間裡提供免費熱茶）我泡

1　其實是PHS。只是我當時不知為何覺得很不好意思，所以寫成了手機（笑）。

2　這是〈孩子們〉入圍日本推理作家協會獎短篇部門時的事情。當時一起入圍的有乙一先生、笹本稜平先生、本多孝好先生、舞城王太郎先生，都是我很在意的作家。從我個人的角度看來是很熱鬧的一屆。

了好多杯茶。

就在我這麼做的時候，一小時、兩小時過去了，我得離開市民的房間。因此我直接和妻子會合，然後在咖啡廳打發時間，然而電話還是沒有響。我懷疑起該不會忘記聯絡，還是不會聯絡落選者時，電話終於震動。我接起電話，聽到對方用充滿歉意的聲音告訴我，「這次沒有得獎者。」真遺憾。我沒有很失落，但還是怪罪茶葉梗沒有立起來。3

河北新報（早報）二〇〇三年六月九日

3 隔年，我以〈死神的精確度〉獲得了推協獎的短篇部門獎。而《重力小丑》入圍了長篇部門，我和《重力小丑》的責任編輯一起在咖啡廳等候聯絡。當我去洗手間時，接到了協會來的聯絡，〈死神〉得獎，而《重力》落選。我心跳加速地回到編輯那裡，告訴他這件事情。知道結果的他一臉哀傷地恭喜我（笑）

再見面吧[1]

我碰到一件以小說來講很老套，但現實生活裡卻很有趣的事情。

那是前幾天的事。當我在咖啡廳休息，前面座位坐著一名西裝男，另一名男性走近他。兩人看來都是四十多歲。

「嗨，上班族。」這麼招呼那名西裝男的男性，綁著頭巾，以上班族的標準而言，他的打扮非常輕鬆。

喔，是你啊，上班族男性這麼回應。頭巾男似乎已經要離開，沒打算坐下的樣子，但兩人睽違許久再次見面的喜悅也感染了我，連我這個無關的路人都高興起來。

我擅自想像著兩人的關係，是老同學呢，還是以前的同事？

兩人一開始互相打招呼時，雖然很開心，但是接下來的對話卻愈來愈乾，豎起耳朵的我也逐漸不安起來。

1　其實我已經不記得自己寫過這篇雜文了。不過我覺得老朋友能夠再見面是很幸福的事情。

「對了，我給你張名片[2]吧。」西裝男往口袋伸手時，頭巾男露出略顯困擾的笑容說，「可是我沒有名片喔。」然後說，「我給你電話吧。」拿麥克筆寫下聯絡方式。

「下次一起喝一杯吧。」離開的時候，頭巾男這麼說。坐在原地的上班族男性也回應，「好啊。」聽起來不像是社交辭令，感覺不賴。

「只是……」頭巾男像想起重要事情似地追加一句，「拜託選個便宜一點的地方，兩千圓、三千圓左右的。」口氣雖然輕鬆，聲音卻很認真。上班族也笑著說，「好的、好的。」頻頻點頭。

我楞楞地望著走出店外的頭巾男身影想，「他們真的會一起去喝酒嗎？」「希望他們能找到便宜的居酒屋。」我還眞是雞婆啊。

河北新報（早報）二〇〇三年六月十六日

2　和本多孝好先生對談時，我看著他遞名片給其他人時，覺得這樣真不錯，可以填補空白的時間（笑）所以我也做了名片，上頭還寫著已經出版過的小說。每當新作出版時，就會加上新書書名改版再刷（笑）不過我現在已經沒有使用名片了。

放開心胸

我先招認，我是個心胸狹窄的人。

前幾天，吉井由吉先生的傑作《槿》[1]文庫版發售了。說是這麼說，《槿》其實是二十多年前的作品，出過一次文庫，後來就從書市消失，一直在缺貨。我記得在二手書店買過這本書。《槿》很精采，我很喜歡，但也須承認內心有著「我有一樣大家現在都買不到的東西」的優越感。

因此，這次的再版令我很懊惱，簡直想跺腳說，這樣一來不是大家都買得到了嗎？說不定會有讀者想斥責我太過任性，不過在這種事情上，我確實心胸狹窄，真是太丟臉了。

電影也是。如果想看的電影一直沒上映就會坐立不安；若是看過電影，便會想著「怎麼不趕快下片」，意義完全相反地坐立不安。甚至還會不滿地說「怎麼不趕快上新片呢？」我的心胸真是太狹窄了。

1　《蚱蜢》、《瓢蟲》中登場的殺手「槿」的名字就是從這部作品來的。
2　我和黑澤導演在二〇〇九年有過一次對談。在《LUSH LIFE》等作品中登場，我個人很喜歡的角色黑澤的姓，就是從黑澤清導演那裡借來的。

今年到目前看過的電影裡，我最喜歡黑澤清[2]導演的《光明的未來》。這部作品最近參加法國的坎城影展。

這個影展有競賽部門，最後會選出優勝作品。得獎電影會很有話題，而且常以凱旋歸國的理由再次全國上映。

以影迷心理的角度來看，當然會希望自己喜歡的電影能夠得獎，不過我的話，「那是我的電影，我不想給其他人看。」這種扭曲的愛情會冒出來，偷偷祈禱電影不要得獎。我的心胸眞是狹窄到無可救藥[3]。

電影最後沒有得獎，大概是我的錯。

河北新報（早報）二〇〇三年六月二十三日

3 我非常喜歡二〇一〇年諾貝爾文學獎得主馬利歐·巴爾加斯·尤薩（Mario Vargas Llosa）。在他得獎後，我很傷心地想，這樣一來我以前花大錢買的尤薩作品，這下子不就會重新出版，然後其他人花小錢就能買到了。我真的很小氣呢（笑）相反的，我同樣喜歡的埃爾莫爾·倫納德（Elmore Leonard）的新作幾乎都無法入手，這時候我就會想為什麼不重新出版啊？我心胸狹窄的方式還真是複雜呢（笑）

回到街上，開始讀書吧

前陣子，我見到某位音樂人[1]，和對方有一段談話。當時，對方有句話令我印象深刻。「電影會因爲影像太虛假而很掃興，不過小說就可以任憑讀者自由想像呢。」

有位作家[2]也這麼說過，「我是抱著『如果能夠改編成影視，你就試試啊。』的心態寫作。」

我自己還是個新人，不敢說什麼大話，不過身爲一介讀者，我相信小說可以爲我帶來和電影截然不同的喜悅。

我並不是將電影當成敵人（我平常的興趣就是看電影[3]。）不過如果有年輕人說，「與其讀書，不如去租錄影帶的話」，我會很難過地想說，「不，不是這樣的。」

我最近在想「電影與漫畫」都是「讓人看見影像」，屬於同一種類型，

1　這位是色情塗鴉的晴一先生。為了宣傳《重力小丑》，我去上了他的廣播節目。他非常親切地接待毫無名氣的我，萬分感謝。

2　這位是本多孝好先生。本多先生是我引頸期盼新作的作家之一。

3　寫這篇雜文時，我一年平均看一百部電影，有了孩子後，數字驟減。

若從這個角度來看，「小說」不就是「音樂」的同伴了嗎？

因爲沒有影像，只能自行想像。以言語召喚想像，以身體感受旋律和節拍，我基於這兩者而認爲它們一樣。無論寫出來（或是唱出來）的主題，只要讀（聽）起來很愉快的話，那就最棒了。

經常有人說溫柔就是想像力。我讀到一位作家說，「如果全世界的人們都發揮想像力，核子武器一瞬間就會從這個世上消失了。」[4] 眺望著肉眼可見的事物，當然有其樂趣；不過試著想像看不見的事物，我覺得也不壞。

站在這個角度，我覺得手機簡訊之類的事物說不定意外刺激想像力呢。不不，簡訊雖然不錯，不過大家也來讀書吧[5]。

河北新報（早報）二〇〇三年六月三十日

4　這句關於想像力的話，我記得是大江健三郎先生在採訪，或是在某篇報導中說的，如果我記錯了，非常抱歉。

5　這結尾感覺是為了推薦大家讀書硬寫的，大概是不知道該怎麼結束吧（笑）

發瘋了嗎？

有時候，我會陷入低潮。有時有很清楚的原因，有時只是漠然地不安。不過只要一開始鬱悶煩惱就會沒完沒了，這種時候，我就會拿出《空中塞車》（Pushing Tin）的ＤＶＤ。

這部由麥克・紐威爾[1]（Mike Newell）導演的電影，劇情本身並不誇張。雖然見得到導演努力要把電影拍得熱鬧的痕跡，不過基本上是部節奏悠哉的片子。

可能還有讀者沒看過這部電影，劇情大致是這樣的。

「約翰・庫薩克飾演的主角是名飛航管制員，且非常優秀（他自己也這麼認爲）可是有一名轉學生在他眼前颯爽登場，他是飛航管制員——比利・鮑伯・松頓。兩人互看不順眼，引發了騷動和外遇，眞是糟糕！」

這樣寫下來一看，就覺得故事非常簡單。不過在描寫充滿壓力的飛航

1　麥克・紐威爾是我很喜歡的一位導演。我非常喜愛他導的《妳是我今生的新娘》、強尼・戴普主演的《驚天爆》。他也導演了《哈利波特—火盃的考驗》，不過我到目前還沒有看。

管制員辛勞（滑稽），以及藉由很有存在感的配角營造出溫馨熱鬧的氣氛，與安潔莉娜·裘莉[2]不可思議的魅力等等，結合起來後成了有獨特魅力的電影。

其中我最喜歡後半部某情節。

主角和轉學生互看不順眼，兩人最後當然大打出手後彼此讚賞「你也很能打嘛。」接著熱情握手，這種結局或許是常見鋪陳，而這部電影也有類似發展。

但電影並沒有眞的互毆及爭吵，沒有彼此開槍，也沒有賽車。兩人是以更單純的方法相互理解（我不是特別要吊胃口，而是考慮到可能有讀者還沒看過這部電影，所以不寫出來。）

那是一個爲時甚短的畫面，不過每次看到這個場景，就會打從心裡愉快。這麼講或許有些誇張，但我甚至會覺得自己的煩惱實在太愚蠢了。我想這份痛快感，一定沒辦法用小說適當表現出來。

這部電影的收尾雖然有些老套，不過很溫馨，我覺得這樣滿好。眞要說

2 我記得比利·鮑伯·松頓和安潔莉娜·裘莉就是因為這部片相識結婚的。和文章本身完全沒有關係呢（笑）

缺點，大概就是沒有狗登台演出吧。

〈電影咖啡〉《小説昴》二〇〇三年八月號

只要讀書就感到幸福

這樣說似乎有點過分，不過那本書的封面、書名都很無味，作者名字也很陌生。看了文案，好不容易知道是以出色記者威爾斯爲主角的作品，但我還是毫無興趣。而且這明明是系列[1]第二集，書店卻找不到第一集。

我偶然翻開解說[2]，讀到熱情洋溢的文句，沒多想就拿去櫃臺結帳了。

我記得一開始讀之後，覺得愈來愈好看，一口氣就讀完了。總之（絕對不誇張的）登場人物很有存在感，光讀下去就令我很幸福。

系列第四作在十年前出版，之後，我一直期待著新作上市，但前陣子從某位編輯那裡聽到「威爾斯系列全四作」，非常震驚。是、是嗎，已經結束了啊。

1　我認為這個威爾斯系列的第二集是遠超過第一集的傑作，如果有興趣的話，請從第二集開始讀起。我也是這樣的。（笑）

2　我會先讀解說，來決定要不要買那本文庫。不過妻子和我完全相反，絕對不會先讀解說。

《幻象的終結》（There Fell a Shadow）

（基斯・彼得森（譯註）著　芹澤惠譯　創元推理文庫）

〈我的一本書〉《小說Mysteries!》二〇〇三年九月號

譯註：Keith Peterson，美國作家安德魯・克萊文（Andrew Klavan）的筆名。

CD貴賓席

我每天早上都會前往羅多倫咖啡廳。最近仙台市內的門市，從九點開始會播放羅多倫特製的一小時廣播節目。

我在前幾天的節目中，聽到一張CD中的曲子，不禁「喔」一聲。因爲那天我剛好用隨身聽聽了這張CD。我想應該是DJ的選擇，不過在意外的地方聽到這張專輯裡的曲子，讓我覺得很新鮮。

老實說，我對於當前流行的西洋音樂非常陌生。有什麼樣的新進樂團，或是誰何時出了新專輯，我一概不知。不過這張「曼朵戴歐樂團」（Mando Diao）的CD，我一試聽就非常喜歡，立刻買下。

樂團團員看起來都還很年輕，演奏能力不算太好，還有些裝模作樣。音樂風格顯然參考披頭四或是誰樂團之類的經典作品（寫到這裡，我不禁覺得像在列舉自己小說的缺點）但他們很有氣勢，有一股明確的焦躁感，和近來

1　他們應該還沒有解散，但其實我從第二張專輯之後，就沒怎麼聽了。

2　當時我幾乎都和妻子一起看電影。不過有三種電影，我覺得一個人看也無妨（笑）就是黑道電影、恐怖電影及高達的電影。我離職後，平日白天前往咖啡廳工作的路上，或是回家時，都是輕裝前往這家錄影帶出租店，然後租借這類電影。那是間小店，但有很多沒發售DVD的電影錄影帶，對我而言簡直就是電影的寶庫！不過現在停業了。

大量出現的搖滾樂團大不相同。如果他們接下來十年都持續這樣的風格，想必會成爲十分出色的搖滾樂團；不過反正他們應該立刻就會解散[1]吧。

離題了。總之離開咖啡廳後，我在街上閒逛一陣，然後去了附近的錄影帶出租店[2]。

結果從正在櫃臺講電話的店員[3]口中聽到了這麼一句話：

「曼朵戴歐，很帥呢。」

這麼有趣的偶然讓我有點驚訝，在咖啡廳後，又在錄影帶出租店聽到這個樂團的名字。因爲覺得很有趣，我在借錄影帶時不由得脫口而出：

「我也很喜歡曼朵戴歐喔。」

我有點擔心店員會露出驚訝的表情，沒想到店員微笑回應我：

「其實我每天早上都在當ＤＪ，今天早上也播出了他們的專輯。」

「咦？」我驚訝到破音，「該、該不會是那個咖啡廳的節目？」

居然！眞是出乎意料的發展。居然就這麼碰上了廣播節目的ＤＪ，而且還是常去的錄影帶出租店店員。

3　這位店員是住在仙台的詩人武田こうじ先生。我之後才知道，他對我的印象是常在大白天前來，借一些很少人借的恐怖電影錄影帶，有點奇怪的客人。仙台書店店員推薦他讀《重力小丑》，他在某處看過我的照片。因此武田先生不知不覺間便覺得怪人＝伊坂幸太郎。只是身為店員不能主動開口搭訕客人，就在這時候發生了「太巧了吧」的偶然。之後，我們就成了能聊電影、音樂等等許多話題的朋友。

「我常聽你節目喔。」我微笑回應，店員露出有點抱歉的表情說：

「您是伊坂先生吧？」

「咦？」

「我讀過您的作品。我之前就在想該不會就是您本人吧。」

「是、是嗎？」

如果在小說裡寫出這樣的橋段，一定會被批評「也太巧了吧」。不過這世界（仙台）就是這麼小呢。

《bring 'em im》MANDO DIAO《別冊文藝春秋》二〇〇三年十一月號

一百零六名作家的答案

「你漂流到了一座無人島，只能帶三樣私人物品，你會帶什麼？」

・狗飼料。
・貓飼料。
・黃瓜。

防備「無人島」是「雖然沒有人，但有很多狗」的敘述性詭計，所以準備了狗飼料。而且，我一直想在死前至少吃一次狗飼料，只是始終沒機會與勇氣。在無人島上遇難就可以這麼做了，其他人應該能理解我的想法；貓飼料也是同樣的理由。至於黃瓜，我很討厭黃瓜，想趁這個機會克服。[1]

〈突發特別大問卷〉《小說昴》二〇〇三年十一月號

1　當時覺得必須寫些有趣的內容，所以才這麼寫。感覺很刻意，終究還是有點搞砸了（笑）不過我還記得當初很認真地閱讀其他作家的答案。

吶喊、吶喊的時候，可以吶喊的時候，就吶喊吧

我經常覺得龐克搖滾就是一種吶喊。就算沒有高聲吶喊，還是會被不滿、憤怒、焦躁之類的情緒驅使，笨拙地叫出聲音。即使是低語聲，也宛如吶喊一般。我非常喜歡那種緊迫、滑稽（這點很重要）的感覺。

像是衝擊合唱團（The Clash）的第一張專輯、THE ROOSTERS的〈坐在鐵絲網上〉、查理．帕克（Charlie Parker）等等，我覺得都算是龐克搖滾（我這麼擅自覺得）。第一次聽到這些歌曲時，我放棄所有理論或知識，只露出傻笑地想「唉呀，糟糕了」，湧現一股「這太棒了。」的預感。

其實我在讀大江健三郎的《吶喊聲》[1]時也有類似感受。（不過我幾乎不記得內容）

我在此老實招認，其實我到上大學之前，完全沒聽過大江健三郎這位作家。實在有點丟人，不過確實如此，所以也無可奈何。

1　我真的非常熱愛《吶喊聲》這部作品。不論是當時或是現在，大江先生都是龐克。

在我十幾歲的時候，周圍沒有習慣閱讀的朋友（就算講到大江愼也（譯註）2，也不會有人提到健三郎），也沒有像現在網路這種方便交流的工具，因此我幾乎沒有獲得未知作家情報的方法，讀書量也很貧瘠。

我在進大學一陣子之後，才遇見大江作品。

我偶然在大學內的某間書店發現了《吶喊聲》。

我已經不記得那本書是放在平台，還是書架，又爲什麼會出手買下講談社文藝文庫這麼貴的文庫，總之就是買了。

不過我想一定是因爲《吶喊聲》這個書名，讓我期待這本書當中可能蘊含著龐克搖滾中帶著滑稽的迫切和可愛。

回到家後，我立刻翻開書頁。

然後，我馬上露出傻笑，「唉呀，糟糕了。」

文章開頭這麼寫，「我們以法式發音來稱呼我們的捷豹，好和其他的捷豹做出區分。」我覺得這股傻氣非常討人喜歡。

我不知不覺間就讀得入迷了。

2　我也一直很喜歡大江慎也先生。在我心裡，這兩位大江先生都是非常偉大的人。我很想在小說中讓名叫「大江」的人物登場，不過至今尚未實現。我想要讓重要的角色用這個姓。

詭異、曲折的文章令我讀得很開心。我對於年輕人會因爲無聊小事感到慌張、焦慮，抱著過度的不安、不滿而感到手足無措的心情很有共鳴。和官能、或是單純的「性」不同，而是將「性」處理得不穩定又有趣，也令我感到很新鮮。

讀完，我感激地想「這本書眞是太棒了」，我當時無知又單純，自以爲「我發現了這個『新人』作家，他是我的了。」打算買其他大江作品。

當然，讀了文庫解說後，我才知道大江健三郎的知名程度。如果跟人說沒聽過會被嘲笑的，他也已經出版了很多作品，拿下不少知名獎項，不過我不在意（因爲龐克是反抗權威的，所以我當沒看見得獎清單）我不是學者也不是評論家，只是一個坐在仙台市內公寓暖桌裡的普通學生，和那些瑣事毫無關係，因此，我決定「這是我發現的作家」。

之後大概有十天左右過著同樣的生活，我會騎機車[3]到學校買一本大江

譯註：北九州出身的創作歌手兼演員。

3 大學時代，我住在距離大學機車車程十分鐘左右的地方。我在冬天也騎車上學。有一次我不小心摔車了，不過託雪的福，當了緩衝，所以只受了輕傷。

4 我買了大江先生的書之後，就回到獨居的家中，在無聲的房間裡吃著零食開始讀書。讀完就再去學校，買了新書再回家繼續讀。我就重複著這樣的行動過了十天。在大學時代，這樣沉迷於某位作家作品的經驗，除

健三郎的書，在家讀完後再騎車去學校。

換句話說，講得隨便一點的話（嚴格來講並非如此），我人生當中只有這十天讀大江健三郎的小說。因此，我也不能講些什麼大話，不過那十天[4]過得非常開心。

我或許就是在那之後愛上了閱讀，認爲「小說和音樂很相像。」

和作品內涵或意義，大逆轉或詭計，考試[5]會出現的「作者想說的話」無關，我終於理解到閱讀理所當然地很快樂。即使完全聽不懂英文歌詞，帥氣的音樂還是一樣帥氣。

因此，到了現在，我也會傻笑地想「唉呀，糟糕了」，想要聽急切的吶喊聲而出發去買書。然後，我也會想總有一天我要吶喊出聲。（不過我知道用小聰明思考這種事情的人的吶喊聲，一點都不帥氣）

〈改變我的一本書〉《小說Trippa》二〇〇三年冬季號

了大江先生之外，只有北方謙三先生了。

5　我在大學入學考試前，買了安伯托．艾可的《玫瑰的名字》，決定上大學之後再讀。結果在大學上課時，教授美學的老師居然爆了這本書的謎底，令我大受打擊。不，與其說打擊，不如說我很憤怒（笑）不過即使如此，我還是在下雪天，關在房間裡讀完了《玫瑰的名字》。就算已經知道謎底，小說本身還是十分精采。

我的底牌

我覺得這年就在感謝很多人之中過去了。老實說，我對於成果沒什麼自信，不過姑且把接下來要寫的作品列出來。

《蚱蜢》一群殺手的故事。

《沙漠》學生與超能力與龐克樂團與麻將的故事。

兩者書名都是暫訂。

此外，在《小說現代》連載的短篇應該會成書出版[1]。該說是連作，還是短篇集呢，總之都是我非常喜歡[2]的故事，希望大家來讀。

《這本推理小說了不起！》二〇〇四年版

1　這是《孩子們》。

2　《孩子們》、《蚱蜢》和《沙漠》都是我自己很喜歡的作品。這個時候，並不會預設將來會出書，而是單純寫下一個個自己喜歡的故事。

2004年

因爲猿猴[1]而丟臉

我因爲猿猴丟臉過，而且還兩次。

第一次和黑猩猩有關。其實我去年爲了自己的小說，調查「基因」的資料。當時查到一個非常著名的小常識，就是「人類和黑猩猩的基因只有百分之二的差異」。我在某本書上讀到，覺得很有趣，後來每次碰到朋友時就會滔滔不絕地說明，「其實呢，黑猩猩和人類的基因啊……」

然而，幾個月前報上刊登「黑猩猩和人類基因有百分之十五的差異」的報導，令我大感驚訝。我不禁因爲至今自以爲了不起地到處講錯誤常識給人聽而面紅耳赤，還陷入急急忙忙向朋友訂正錯誤資訊的窘境。大家聽到我的訂正，絕大部分都很失望地露出「實在是白認眞了」的表情。（可能大家內心某處都想相信僅僅百分之二差異的神奇事實吧。）總之，我認爲那是猿猴故意讓我丟臉的。

1　熟識的記者有天到仙台來找我。他拿出一個大盒子和一個小盒子問我，「你要哪一個呢？」我也知道剪舌麻雀的故事，所以「小盒子」比較好吧。結果打開一看，那是套匣式的盒子，一打開就又是一個小盒子，一直反覆。我心想這到底怎麼回事，打開到最後一個盒子一看，裡面是這篇雜文的邀稿（笑）我當時基本上是打算拒絕所有雜文的邀稿，不過看到這個，我不禁笑了出來說，「好，那我寫。」這就是在那之後，每年第二次和孫悟空有關。就是《西遊記》的孫悟空，讓我出了洋相。

那是我和妻子到松島兜風時的事情。我們在狹窄山路開一陣子，一個小停車場映入眼簾。我當時打算直接開過去，卻看到某個物品，讓我楞了一下。最旁邊的停車位居然掛著「孫悟空專用」的牌子。我大感驚異，「孫、孫悟空會出現在這裡嗎？」我想像著他操縱著金斗雲在這裡降落，感動到全身顫抖。

我立刻跟身邊的妻子講了這件事，她的回答非常冷靜，「旁邊有間叫『孫悟空』的拉麵店啦。」原來如此。

我把寫到這裡的稿件傳給負責這個單元的記者，對方立刻打電話過來。我認爲對方一定是要稱讚我寫得很棒，結果不是。「伊坂先生，孫悟空的雲不是金斗雲，是筋斗雲啦。眞的是，這是常識耶。」

咦？我臉色蒼白地翻開手邊[2]的字典，確實是「筋斗雲」沒錯。這實在太丟人了，我只能面紅耳赤了。啊，我又被整了，這是第三次。

〈猴子・申・猿散文——〉中日新聞（晚報）二〇〇四年一月九日

都讓我很煩惱的「十二生肖雜文」的第一篇（笑）

2 這時候我用的是父親給我的廣辭苑。我去咖啡廳工作時，也會帶著出門，實在很重啊。如果能有跟店員說「老樣子」，然後給我咖啡和廣辭苑的菜單就好了，我認真地這麼想。

讀書亡羊[1]

我很喜歡「讀書亡羊」這句成語。我不太記得確實意義，不過應該是「太熱中某件事，忘記了更重要的事情。」的意思。某處的牧羊人因爲太沉迷於讀書，讓羊跑掉了。想像這樣的情景就覺得很有趣。

在廣闊的綠色草地上，白色羊群正在吃草。季節大概是春天或是初夏，牧羊人在視野良好的地點坐下。一開始他監視著羊群的行動，不久想起了手邊的書，開始翻開書頁。一瞬間，就被書中故事吸引，時間飛快流逝。過一陣子，他抬起頭一看，發現羊不見了，「啊，糟糕！」

有趣到讓牧羊人搞丟羊的小說。我希望邂逅這樣的書。可以的話，我也希望自己有一天寫出這樣的書。

〈文字之海 宮城縣圖書館通訊〉二〇〇四年一月號

1　這篇是圖書館的邀稿。我一直以為這句話的意思是若是太熱中讀書，會搞丟羊群，所以要留心不能太沉迷讀書。調查之後，發現完全不是這麼回事，非常驚訝。

下次，到底是什麼時候？

我不算喜歡旅行，甚至很少出門。不過即使如此，我也出過幾次國。

我第一次去的國家是不丹。

那已經是十多年前了。當時我還未滿二十，母親硬把我和弟弟拖去。正確來說，與其說是旅行，不如說是儀式。但總之，那確實是我第一次出國。

我們在那裡待了十天左右，現在也記得很清楚。

老實說，我看到包圍四周的群山[1]，或是悠哉田園之類的廣闊自然景象，內心一點都不感動。當時的我，就像一般十幾歲年輕人，多少還是有些自以爲是，覺得「爲景色感動」這種事情「超土」。心想「這和看照片或電視都一樣啊。」不肯好好看一眼，實在非常浪費。然而，即使如此，我還是被不丹人民身上平穩和粗魯交雜，如此不可思議的氣質衝擊。

他們開車開得非常粗魯，總吃著像口香糖的果實[2]，嘴裡一片通紅；雖

1　行程中有爬山，我本來以為是要搭巴士上去，結果是騎像是驢子一樣的動物上山。花了好幾個小時才終於到山頂，然後再去參觀當地知名的塔克桑寺。令我訝異的是，走沒幾步路就氣喘噓噓。因為不丹是高地國，所以才會這樣，但我仍舊很驚訝。

2　不丹人吃的像是口香糖的東西是將叫做檳榔的樹木果實與石灰用蔞葉包起。不丹人很喜歡吃這個。負責校閱雜文集的人告訴我的（笑）。

然穿著像是和服一樣的衣物，卻散發一股野性，而令我印象最深刻的是笑容。他們和總是將吊兒啷當的笑容掛在臉上的我不同，平常一臉認眞的他們，有時會忽然露齒一笑。不管什麼年齡、性別，那個笑臉著實非常可愛。

那段時間，當地的不丹導遊會跟著我們。我記得他們都很帥氣，就像電影明星一樣。雖說是導遊，但他並不會服務我們，而是吃著口香糖，揮舞著撿到的樹枝，從山上扔石頭等等，就像「因爲要打發時間，才跟你們一起行動」，我們只是偶然碰到的朋友罷了。

當時的日本還在泡沫經濟年代，不丹則是「世界GNP最低的國家」（現在或許仍是如此）我記得導遊經常把「日本明明是個小國家，卻能打敗美國，好厲害」這句話掛在嘴上。我拚命地使用不流利的英文，想要告訴他們「日本人每個人都不知道在忙什麼，還是不丹比較好。」不過卻沒有成功傳達出去。

我記得最清楚的是，離開不丹那天，在不丹機場（雖然這麼說，但只是原野上有滑行跑道而已）和導遊分開時的事情。不丹行程非常緊湊，再加上

3　收到新潮推理小說俱樂部的副獎—商務艙機票時，我自費買經濟艙的機票和妻子一起到紐西蘭。回國飛機上，我們的座位附近有一對看似剛結束蜜月旅行的男女。飛機起飛後，他們很親密地喝酒、聊天，看起來非常快樂。然而，抵達日本時，他們之間的氣氛很惡劣，甚至還說「我要回老家。」讓我嚇了一跳（笑）我記得好像是其中一人把某種鑰匙弄不見的關係。

位處高地，我非常疲憊，對於總算要回家了，大大鬆口氣。這時候，導遊和我握手，然後以不變的冷靜表情對我說：

「See you again.」

我開始感到寂寞，是過一段時間，下了飛機之後[3]。

那位導遊先生應該每次都會對不同觀光客說「下次見。」那人也有自己的人生，一定很快就忘記我了，我漠然地想著這些事情，開始掉下眼淚，甚至想跟他抱怨說，「again，到底是什麼時候啊？」

因此，這次[4]的小說才會讓不丹人登場。

因爲寫下這部小說，我和當時的導遊再次見面，享受著絕對不可能會到來的「again」。

我相信他現在一定也還在那裡扔石頭吧，絕對如此。

〈前書後書〉《新作展望》二〇〇四年一月號

4 《家鴨與野鴨的投幣式置物櫃》。藍本是在我出道前繼〈礙眼的壞蛋們〉所寫的第二部小說。

按照指導手冊進行

前幾天，我接到一通令人很不愉快的電話。電話那頭是一個年輕男性，用裝熟的口吻快速地說，「我想向租房子的人介紹一件好事。」老實說，如果是要介紹我「能讓你正在寫的小說變得更有趣，充滿衝擊的點子」也就罷了，我對「好事」沒有興趣。

「我沒有興趣。」正想掛掉電話，對方聲音立刻變得粗暴，「沒興趣？」完全是不敢置信的口吻。「房子這麼重要的事情，你沒有興趣嗎？」

我無可奈何，只好改說「我現在沒時間」拒絕他，這下他的口吻更強烈「沒有時間？」接著問我，「那什麼時候可以再打呢？」

「不是時間的問題，總之，你這電話讓我很困擾。」

「既然這樣的話，那就表示你剛剛說沒時間是騙人的嘍。」

他手上應該有如果對方這麼回的話，你就這麼回應的指導手冊吧。要是

1 我最近又上網查了一下。在某個網站找到了招攬電話的錄音。錄音裡的講話方式、抑揚頓挫和打電話給我的那名男性簡直一模一樣。說到底就是同樣一招吧。只是稍微聽了對方所謂的「好事」，即使掛掉電話也會立刻再打來，執拗地說您就再聽一下吧。要是不小心答應對方前來，那麼就完蛋了，對方會賴在家裡，趕也趕不走。如果大家也接到這種電話，請立刻掛掉。掛掉後，對方會馬上再打來恐嚇，「為什麼掛我電

對方的話語有所矛盾，就加以指責的作戰方法。

我試著問他，「對了，你是什麼公司的？」他意外乾脆地回答我了，連他叫什麼也告訴我。最後，我只能說，「不管你打幾通電話來，都沒用的。」好不容易掛掉電話。

我上網搜索[1]了那間不動產公司的名字，果不其然出現「惡質業者」的情報，甚至還曾經因爲「違法契約」被告上法庭。眞是恐怖（我後來從認識的人那裡聽說這種電話不能講太久。不管談話內容，對方會根據談話時間長短，給接電話的人以「A」或「B」的方式加以評分）

就算是這樣……我心想，難道不能更親切地對待接電話的人嗎？如果是那種讓人不快的說話方式，就算是個性溫和的我也會生氣。本來會被騙的人，也不會被騙了。這種指導手冊一定要改善才行！

不，問題不是這個吧。

〈TEA TIME〉《文藝POST》二〇〇四年四月號

話？我要去找你。」所以最好是拔掉電話線。這是我的建議（笑）

我心中的愛情電影《奇幻城市》

我非常喜歡車站裡的跳舞畫面。羅賓．威廉斯和單戀對象第一次約會，滑稽的用餐畫面，我也喜歡。老實說，我很不熟悉[1]愛情小說、愛情電影，即使如此，我還是看了這部電影，覺得愛情電影也不錯嘛。

在日常風景裡，惡魔般的騎士突然登場，牽扯了開槍掃射案件，電影奇特（導演特有的）的趣味之處非常多。不過基本上都是令人咯咯發笑的場面。我覺得這眞是一部奢侈的愛情電影。

我也很喜歡電影裡，人物說出內心話的場景。「我想爲他做點什麼，像是幫他追到喜歡的女人……」就這樣擅自將周遭的朋友、認識的人捲入混亂，自以爲是地給他人帶來麻煩，或許就是愛情的有趣和豐饒之處。

《奇幻城市》（The Fisher King）（泰瑞．吉蘭導演）

《ALL讀物》二〇〇四年五月號

1 我以前對於寫愛情小說沒什麼興趣。若是以料理來比喻，大家有興趣的愛情就像肉類一樣的存在。如果有肉的話，那麼那道菜絕對很好吃。因此，我想做一道沒有肉類的好吃料理，比較帥氣（笑）不過我現在的想法稍微有些改變，做肉類料理也仍舊需要火候、調味等等各種技術才是。

請多指教[1]

我是伊坂幸太郎，此次承蒙各方好意，讓我加入日本推理作家協會，還請各位多多指教。我沒有什麼特別的經歷或才藝，想寫一下最近發生在我周圍的事情[2]。每件事都和電話有關是偶然，沒有其他意義。

第一件是發生在我身上的事。前陣子，我在仙台站附近的大樓裡，用PHS和在東京的弟弟通話。

我們聊著一些無關緊要的瑣事，講了好一陣子。期間，我想到某件事，開始在自己的提包摸索。

「怎麼了？」弟弟也注意到我這裡的動靜。

「啊，沒事。」我一邊回答他，「我找不到我的PHS。我剛剛在提包裡翻了半天，還是沒找到。糟糕，不知道掉在哪裡了。」

結果弟弟以極為困惑的口吻，有點納悶地說，「那個……」

1　其實應該要好好地寫入會相關的內容，不過因為沒什麼可以說的，所以嘗試了這種變化球。實在有點刻意搞笑的嫌疑，早知道就老老實實地打招呼就好了（笑）

2　這篇文章寫的事情都是真的。

「等一下，我現在在找ＰＨＳ。」

「不是啊，大哥，你現在就是在用ＰＨＳ跟我講話啊？」

「對响。」原來如此、原來如此，ＰＨＳ就在我耳邊。

第二件是在咖啡廳聽到的[3]。我目擊到兩位老先生很認眞地討論事情。他們在說什麼呢，我豎起耳朵，原來是關於「ＩＰ電話」的討論。他們主要是在討論「ＩＰ電話的ＩＰ到底是什麼的縮寫」。

老實說，我也不知道正確答案，期待著能聽到正確答案。過一會，其中一位老先生說，「前陣子不是有部叫這名字的電影嗎？」

我立刻覺得糟糕了。

我直覺想到那一定是〈不可能的任務〉。雖然沒有根據，不過那部電影的第二集寫成〈MI2〉，感覺和「ＩＰ」有點像，而且「impossible」的發音，也令人聯想到「ＩＰ」。因此，我猜想那位老先生腦海裡應該是把這些混在一起。

果然，老先生說了，「就是那個什麼克魯斯的啊。」我心跳加快。講到

3　偶爾也會聽到這麼有趣的事情，我拚了命不要笑出來。能聽到這種事情，真的很令人開心呢。

什麼克魯斯，不是叢林巡航（譯註）就是湯姆．克魯斯啊。這麼一來，《不可能的任務》的可能性瞬間升高。這下子糟了，「impossible」確實是「不可能」的意思，但再怎麼樣也不會是「不可能的電話」。從這個方向找答案，是找不到的。

「嗯，到底是什麼呢？」另一位老先生也陷入沉思。幸好，他沒有說出電影名稱。結果，他們的結論是「啊，是那個吧，international phone的縮寫吧？」

那不是「國際電話」嗎？不過比起impossible，這個說法比較有可能。

第三件事情是打錯的電話。前幾天，我在家裡接到一通電話。對方沒有報上名字，就機關槍般地自顧自地開始說話，「喂，是我。你到家了？我跟你說……」我一開始愣住了，這顯然是打錯電話。只是我還來不及確認，對方已經喋喋不休地說一大串。「對、對不起，請問你是哪位？」我好一陣子

譯註：Jungle Cruise，迪士尼樂園的遊戲之一。

終於能開口詢問，對方似乎也嚇了一跳，改以正式口吻說，「啊，您不是某某某嗎？」

「不是。」

「非常抱歉。」對方客氣道歉後掛上電話。

正當我想著怎麼不確認接電話的人是誰就開始講話，電話鈴聲再度響起。內心湧起一股不祥的預感——只有不祥的預感而已。總之，我接起電話。和預料一樣，又是剛才那個聲音。「我跟你說啊，眞是的，我剛剛打電話給你，結果打錯了。」

眞是的，你不是應該先確認好再打嗎？

〈日本推理作家協會會報〉[4]二〇〇四年八月號

4　我到二〇一二年為止，也曾經擔任過推理作家協會獎的評選委員，如今回想起來很不可思議。

反覆聆聽的三張ＣＤ

1、The Roosters〈THE ROOSTERS〉日本哥倫比亞

2、齋藤和義[1] 所有專輯

3、桑尼・羅林斯〈Sonny Rollins〉〈桑尼・羅林斯Vol.2〉東芝EMI

1、得知去年主唱大江愼也舉行演唱會，令我感動到寫了〈孩子們II〉這篇短篇。2、抒情又可愛。爲什麼沒有更多人談論呢，我覺得很不可思議，不過如果變得太熱門，我又會寂寞，現在這樣剛剛好。3、我也很喜歡封面。

〈週刊文春〉二〇〇四年八月十二日・十九日合併號

1 因為覺得寫「真的喜歡的東西」會很不好意思，我一直都沒有公開表示我很喜歡齋藤和義先生的音樂，這篇文章是我第一次提到這件事。不過我當時覺得應該沒有人會讀到這篇文章吧（笑）不過可能是工作人員，或是齋藤先生的歌迷讀到了這篇文章，幾年之後，我接到寫歌詞的邀請。一切都是從這短短幾行開始的，我想這就是先寫先贏吧（笑）

以化爲熱帶的東京爲舞台，炙熱的幻想

「小說可以做到任何事情。」這是幾年前，某位小說家在我旁邊說的話[1]。對方非常開心地這麼說，我記得很清楚。他雖然沒有詳細說明，但我非常感動。和電影、漫畫與音樂不同，小說擁有的獨特手法或實驗，還有許許多多幾近無限的可能性，這句話令我這麼想。

其實閱讀佐藤哲也[2]的小說時，我總是想起這句話。講得誇張點，就是思考「小說形式的可能性」。

被故事吸引的同時，也對小說的力量感到興奮，所以如此幸福。

這次的《熱帶》也是如此——或者該這麼說，在滿是傑作的佐藤哲也作品中，《熱帶》是最能以各種方式來欣賞的作品。

光是將故事內容羅列出來，就可以知道這是一部多麼有趣的小說。

這部小說從某座島嶼的歷史開始講起，之後，插入亞里斯多德和柏拉圖

1　這是奧泉光先生的話。如同我在這篇文章所寫，聽到當下非常感動。

2　我幾乎不出席任何文學獎項的派對。不過以前曾經因為聽說佐藤哲也先生會出席，所以去參加了那場派對，還請他簽了名。當時妻子也和我一同前往。那應該是第一次也是最後一次了。從我還是上班族的時候，我就開始讀佐藤哲也先生在部落格寫的書評和影評，每篇都很有趣。之後，我讀了他的小說，真是太棒了，我大為感動。我以《奧杜邦的祈

的摔角轉播。冷氣被裝了炸彈，系統工程師們開始開會。CIA和KGB在漫畫喫茶裡對決，甚至還有可愛的水棲人類登場。

這麼一寫，或許會有讀者一頭霧水。「這不就是把一堆愚蠢的元素統統塞在一起，嘩眾取寵的小說而已嗎？」或許會有讀者一臉嫌惡地這麼想。請不用擔心，這本小說和那類作品完全不一樣。

佐藤哲也將這些不可思議的素材，全都用在「小說形式」上。

我在這裡一直強調小說形式、小說形式，可能有讀者認爲這是一本實驗作品，想敬而遠之。不是那種很難懂，完全不考慮讀者的作品吧？請不用擔心，這本小說和那類作品完全不一樣。

這本小說絲毫不難讀，而且是讀來愉快，節奏明快的故事。

從某座島嶼的歷史講起，結果亞里斯多德開始摔角；冷氣被裝了炸彈，系統工程師們開始開會……啊，我前面講過了。

這部作品混合了深奧的形式嘗試，同時有著非常不可思議又可愛故事所具備的有趣之處。

禱》參加了新潮推理小說俱樂部獎後，讀到了佐藤先生的《IRAHAI》大受震撼，我這樣下去不行啊。如果我是先讀到這本小說，恐怕就不會用《奥杜邦的祈禱》投稿了。這本小說給我的震撼就是這麼大。後來因為河出書房新社的〈文藝別冊〉的企劃，我採訪了佐藤先生，終於有機會可以和他好好談話，令我很高興。

3 創作和評論小說是兩回事，我幾乎不寫書評。也就是說我很不擅長。

我想若是對小說和電影有更多理解的話，一定能更深入享受這部作品。然而，我雖然沒那麼懂這些事物，光是讀到散落作品四處的幽默內容，就已經很幸福了。

這和冷笑話或是滑稽喜劇不同，而是洋溢著小說獨有的幽默感。我想只要讀過本書的讀者都能理解，像是突然出現的「模仿部長」、危機管理中心自動應答系統的愚蠢對話，電影的場內廣播，每一個都充滿想讓人緊緊擁抱的「愚蠢感」。

佐藤哲也每次都會創造出「和其他已存事物毫無相似處」的原創故事，這些故事會提供讀者獨特的幽默感。佐藤哲也就是這樣的作家。

可以和這位作家生在同一個時代並以母語閱讀他的作品，我們應該對這件事感到驕傲。

《熱帶》佐藤哲也（文藝春秋）書評[3]

《週刊文春》二〇〇四年九月二日號

我們是馬格克偵探團

我漠然地回想小時候[1]究竟喜歡什麼書，這本書（《我們是馬格克偵探團》（McGurk Mystery）E.W.希爾迪克（E. W. Hildick）著、蕗澤忠枝譯、山口太一畫、茜書房）的書名浮現在腦海，「就是這個！」當時心跳加速的感覺也甦醒了。

明明直到剛剛都不記得，但腦海浮現書名的瞬間就很興奮，想必是我小學時非常喜歡這個系列吧。

故事描寫名叫馬格克的紅髮男孩和朋友組成偵探團，成員有著鼻子比一般人厲害一倍的威利、戴著眼鏡，一臉認真的男孩、個性倔強的女孩，總共四個人。他們吵吵鬧鬧地互相討論、到處聞味道、還一邊打棒球，在這過程中解決案件。

我最喜歡的部分是，他們每個人都有一張名叫「ＩＤ卡」的身分證。那

1　小學的時候，我讀了很多童書，其中最喜歡的是出現偵探團的作品。正如這篇文章所寫，和朋友一起製作類似ID卡的東西，甚至還會擅自認為走在路上的成人男性是「那個人很可疑。一定是壞叔叔！」地跟蹤對方。不過我想對方一定早就識破我們的跟蹤了（笑）我們也玩過以我家為基地，使用公共電話互相聯絡的偵探團遊戲。有一次，可怕的高年級生抓住了我朋友，不，他好像逃掉了。當我們在如此緊迫的狀態互相聯

是他們手工製作，上頭貼著他們照片、按壓指紋，還有他們的年齡和身高。讀到這裡，我已經坐不住了。不用說，當然滿腦子想和好朋友一起製作相同的身分證。

雖然沒有什麼誇張的事件，但在日常生活中進行冒險的馬格克偵探團令我艷羨不已。

我寫的大部分小說都是日常生活中，一般人被捲入某種冒險，或許就是受到這個系列的影響。

〈留在心底的一本書〉《孩子的書》二〇〇四年十月號

絡時，忽然他就失去了聯絡。過了好久，朋友都沒打電話來，大家陷入慌亂之際，我發現原來是話筒沒有掛好，結果一直是通話中的狀態（笑）

「雖然去世了，但是坐在休息區裡。」可以聽見人們聲音的短篇集

「喂，那不是早就死了的人嗎？」有人平靜回答這麼說的人，「不，雖然說死了，但並沒有消失，而是一直存在喔。」

讀著這本短篇集，我想像起這種情況。實際上，書裡並沒有這種場面，大部分的登場人物也沒有這麼清爽，不過我覺得「死去的人並沒有消失，而是一直存在」的概念貫穿全書。

我接著想起前作《如果你能接到我的球》裡，「棒球基本上是孤獨的運動」的故事。棒球，不管是站在打擊席或接球，都是單獨一人的工作。或許很孤獨，不過周圍有著隊友，也不只有一人對勝利感到喜悅。我記得確實是這樣的故事。

這個故事內涵也和這次短篇集有著聯繫。我這麼說可能很囂張，不過我

1 聽說伊集院先生就在那一帶，憑著未經證實的情報，我曾經和妻子一起去看過伊集院先生的自宅。愈接近那一帶，房子就愈來愈華麗，我們當時還擔心難道真的要將輕自動車開進這種地方嗎？（笑）我以《家鴨與野鴨的投幣式置物櫃》獲得吉川英治文學新人獎時，在休息室裡第一次見到伊集院先生。對了，有一次伊集院先生對我說，「小說就是用來安慰因為毫無道理的事情悲傷的人的存在。」我非常喜歡這句話，經常在

感覺這點和生存有著共通之處。名為生存的工作大部分期間，都得自己來。打者也如此，然而打者並非獨自奮鬥。從休息區裡傳來同伴的聲音——至少可以自認傳來同伴的聲音。甚至，休息區裡不光是一起生活的人，已經死去的人坐在裡面也不奇怪。這部短篇集就出現好幾個「雖然去世了，但坐在休息區裡」的角色。

本書收錄的短篇氣氛也不同。移植手術和軟式棒球的關連令我印象深刻。〈2鎊的禮物〉很精采，〈渡月橋〉充滿餘韻。最棒的是〈阿長的康乃馨〉中，阿長一字一句地重現了巨人長嶋引退比賽的演講內容。然後少女主角對那場演說幫腔「長嶋，還能打喔」，阿長就真的哭出來的段落，真是太可愛了，我好喜歡。

《請告訴我到車站怎麼走》伊集院靜[1]（講談社）書評
〈週刊文春〉二〇〇四年十二月二日號

接受採訪時說「這是伊集院先生告訴我的。」然後，不久前，我接到伊集院先生的電話，他對我說，「你不用這麼老實地每次都把我的名字說出來，這已經是你的話了。」（笑）

我愛這裡[1]。仙台01　有兩個政宗

有兩座政宗像這件事，在仙台非常有名。青葉城和仙台車站[2]各有一座。只是這兩座的氣質差異如此之大，大家恐怕都不知道吧。因爲平常都沒有特別留意，我到這次拍了照片一看，才驚訝於兩者差別大得驚人。

青葉城這座充滿壓倒性的威嚴。可以感受到歷史感，以及令人無法動彈的魄力。相對的，車站內的政宗像一看就有點漫畫感，或許也可以說有些軟弱。青葉城的政宗擺出睥睨仙台市區的姿態，我覺得正好朝著車站，甚至可能在瞪著車站的政宗像說，「眞是拙劣的模仿品」。

對了，我以前聽說喬治·盧卡斯曾經因爲想當成黑武士造型參考，詢問過仙台市政府關於政宗鎧甲[3]的事情，這是眞的嗎？

〈日本縱斷↔接力雜文〉《小說寶石》二〇〇四年四月號

1　「我愛這裡」的三篇文章，是由作者自行拍照，然後寫下照片相關內容的企畫。我心想自己還沒看過晚上的政宗，所以一開始是在晚上去了青葉城。結果一片漆黑，沒有任何人影，實在很恐怖。加上因為太黑，也拍不出照片，所以我後來選擇放棄，白天再去重拍。

2　二〇〇八年三月遷移到大崎市去了。

3　我曾經在《沙漠》裡寫過鎧甲的事情。

我愛這裡。仙台02　自誇

我去看了足球比賽。雖然是J2[1]仙台維加泰的主場比賽，不過我和妻子坐在敵對隊伍的觀眾席。因爲我朋友是這支隊伍的球員。我和他小學同班好幾年。他轉校後，我們就幾乎沒有見過面，不過還是經常聯絡。現在他是我非常重要、值得誇耀的朋友。大學畢業後成爲足球選手的他，每當有仙台的比賽時就會通知我他要去仙台，我便會看他的比賽。而每次看他的比賽，我都十分感動。他的球技非常冷靜、準確、仔細，而且就像讓小學時我們總是疲於奔命那樣，非常正大光明。他從小學起就討喜又聰敏，受到大家喜歡，而他也成爲了這樣的大人，令我十分驕傲。說到自誇，我在回家路上經過的公園裡，有一隻野鴿[2]停在我的肩膀上，這個可以算是自誇嗎？

〈日本縱斷↔接力雜文〉《小說寶石》二〇〇四年八月號

1　他們在二〇一〇年升格到J1，真是令人開心。

2　我在高中時，曾經因為用了髮蠟，讓蜜蜂鑽進我的頭髮，此外其實連被狗咬過的經驗都沒有。當時，那隻鴿子真的停在我的肩榜上。我並沒有遭到攻擊（笑）當然也是出生以來的第一次經驗，非常感動。

我愛這裡。仙台03　松島

咦，所以呢？這是我大學時第一次到松島[1]時的感想。因爲是日本三景之一，我期待著「戲劇化」的景色。在停車場下車一看，只有三三兩兩長著松樹的島，我不由得覺得「只有這樣嗎？」說是這麼說，不過住得近，經常有機會前來。慢慢的，松島變成了我現在很喜歡的地方之一。觀光客比較多的時候，確實令人煩悶。不過人少的日子，湛藍天空與松島灣，青翠樹木和草地都非常美好，神清氣爽。

我也喜歡一旁瑞巖寺的參拜道。那裡並排著粗大的杉樹，佇立其中的話會十分平靜。我最近出版的殺手[2]小說裡，最後決戰舞台就是杉樹林，就是受到我在這裡散步時覺得很棒的影響。

〈日本縱斷↔接力雜文〉《小說寶石》二〇〇四年十二月號

1　我現在很喜歡松島。學生時代，我開車前往，只覺得喔，可以看見松島耶，好，結束！不過若是搭遊覽船的話，又有另一番精彩趣味。請務必搭乘遊覽船看看。聽起來好像什麼攬客的話術（笑）

2　這時候我已經打算寫《蚱蜢》的續集，也決定書名要叫《瓢蟲》。

2005年

我的底牌

我正在寫不經連載直接成書的新作《沙漠》[1]，內容是大一新生輕快的青春故事，我自己也很期待寫完的時刻。

另外，今年夏天我腦中忽然浮現書名和內容，簡直像是被附身一般地寫完名爲〈魔王〉，介於中篇和長篇之間的小說。

故事描寫一個不知道該不該說是超能力者的男人，既滑稽又無可救藥的戰鬥。沒有謎團、沒有詭計，也沒有大逆轉，顯然不是推理小說，如果各位能拿起來一讀，我會很開心。

預定刊登在講談社於十二月上旬出版的小說與漫畫雜誌《ESOLA》[2]。

《這本推理小說了不起！》二〇〇五年版

1　《沙漠》準備發售時，我的孩子出生了。

2　這是講談社當時的責任編輯從無到有成立的新雜誌。因為我覺得為了改變現狀，努力做出嘗試的人非常龐克（笑），所以很想要替對方加油。對方是第一位向我邀短篇稿的編輯。現在雖然在別的單位，但我偷偷地期待對方早點回到文藝作品這個領域來。

我是「生肖」[1]

我是「生肖」，目前還沒有任何實績，因爲我才剛被要求接下「雞（酉）」的棒子。

昨天和我進行交接的前輩「猴（申）」同情地對我說，「還是新人就要立刻出場，眞是辛苦你了。」前輩這句話眞是令人感激。「雖然不到需要害怕的程度，但是這個工作有著各式各樣的辛苦之處，特別是這裡，很累啊。」前輩說著，以拇指指了指自己的胸口。

「很操心嗎？」

「比如說二〇〇四年，又是炎夏、又是颱風、地震的，而且中東那邊也一直發生事情，不是嗎？如果自己出場的年份不斷發生這些事情，都會忍不住煩惱是自己害的了。而且，到了年底，還會被說『討厭的猴年，終於走了』（譯註一）這種冷笑話[2]，眞是令人喪氣。」

1　「生肖雜文」第二篇。並不是報上有「生肖雜文」的獨立專欄，每年刊登的版面都不一樣，因此每篇的長度都有所差異。聽到我半是自暴自棄地宣布，既然如此，那我就每年都寫生肖雜文！記者本人樂得很（笑）這個時候我想的是，好，那我就寫到寫不出來為止吧。不過也確實有打算用這種架空冷笑話風格的對話混過去的想法（笑）

2　我平常不在日常生活中講冷笑話，不過在小說裡寫冷笑話倒是寫得很開

「會被說冷笑話嗎？」

「新年祝詞也是啊。賀年卡、電視節目、廣告台詞有一大半都是冷笑話。我聽說『鼠（子）』那時候超慘的。」猴前輩苦笑著說，「『要「鼠」意不要吃太多年糕喔』（譯註二）之類的賀年卡有好幾萬張啊。」

「我也會碰到同樣的狀況嗎？」

「首先就是『總之』、『快點』（譯註三）之類的冷笑話，會多到數不清吧。啊，對了。」

「怎麼了？」

「這次猴年剛開始就發生了禽流感，引起很大的騷動。如果這是你的年，那可就一點都不好笑了。雞年發生禽流感……」

我臉色唰地變得蒼白，「那、那場騷動現在已經平息了嗎？」

「雖然有很多人受害，不過現在已經沒什麼人談論了。這我只跟你說，這世上的人都很健忘。健忘又沒定性。總之，大概半年後，你等著看，每天都會有人問說，『今年是什麼年來著？』」

心。說是這麼說，過了三十歲，就忽然變得很想說冷笑話。大叔笑話果然還是大叔必備的屬性嗎（笑）我最近在想說冷笑話這件事，與其說「想搞笑」，不如說是「想擴大發現」。可以說是啟蒙活動嗎？總之就是想和大家分享原來這個字眼和那個字眼很相像啊！因此，聽到冷笑話時，不應該批評「真無聊」，而是應該批評「那個大家早就知道了」才對。

「是嗎？」

「不過，仔細想想，說不定你會意外地受到歡迎喔。雞年意外地經常發生好事。像是人類第一次踏上月球表面、沖繩回歸的聲明之類的，還有終戰也是啊。」

這麼說來，不也是原子彈落下的那一年嗎？我話到嘴邊，想到自己的身分，什麼也沒說。

「我記得J聯盟也是在雞年開始的。說不定雞年就是特別容易碰到『新的開始』呢。」

「和其他生肖不一樣嗎？」

「比如說，雖然牛（丑）碰上第一次進入世界杯會內賽的好事，但同時也碰上了日航墜機、秘魯大使館人質事件之類的大事。還有就是那個，職棒

譯註一：「猴」的日文發音saru和「走了」的日文發音相同。
譯註二：日文中的老鼠叫聲為chu，和日文注意的發音chui諧音。
譯註三：「總之」的日文發音是toriaezu、「快點」是toriisogi，開頭和雞的日文發音tori相同。

讀賣巨人的Ｖ９也是牛年，那可累啦。」

「Ｖ９是壞事嗎？」

「看你站在哪一邊啦。」猴前輩口吻平淡地這麼說，「對了，接下來的二〇〇五年沒有奧運也沒有世界杯，對新人來說，可能是還不錯的一年。」

「是嗎？」

「如果有這些活動，那就會出現吉祥物，和生肖會重複啊。」

我不懂重複的意思，我只是一逕佩服，又深感不安，然後也想起了這年有萬博這件事。「我可以擔此重責大任嗎？」

「老實說，我覺得或許你這一年將會迎來全新的黎明也說不定。」

「什麼？」

「我有預感，你的雞年或許能將盤據在這世間的沉悶氣氛一掃而空。」

「您這麼說，對我是很大的鼓勵。」我打從心裡鬆了口氣，向前輩深深一鞠躬，不過猴前輩卻揮了揮手，「不，這是每年都會說的話。下次，換你和犬（戌）的負責人交接時，也要這麼說喔。『我覺得到了明年，黎明將會到來。』因爲這是最近幾年的必備通知。」

「也就是說，沒有不會結束的夜晚嗎？」

「怎麼說都可以啦。總之，你就好好做吧。然後，最後是……」

「好來不如好去，是吧？」我搶在前輩前面這麼說。

「你很懂嘛。」前輩這麼稱讚我。

〈漱石以來的百年〉中日新聞（晚報）二〇〇五年一月六日

人氣作家63人大問卷！

「二〇〇四年裡印象最深刻的書」

讀到《樓中樓》尼可森．貝克（Nicholson Baker）（白水uBooks）、《熱帶》佐藤哲也（文藝春秋），令我很幸福。另外，有人推薦我讀的《騎士定食》[1]（柏艙舍發行．星雲社發售）愈讀愈有滋味。

「二〇〇四年裡印象最深刻的事情」

因為全球暖化，到了二一〇〇年，北極熊或許會絕種的報導，令我很難過。（我並沒有特別偏愛白熊[2]）

「二〇〇五年預定寫作&出版的作品，以及可能的結果」

無論如何都要完成全新作品《沙漠》。我不確定什麼時候可以寫完，不過我可以預測寫完的成品和我現在的預測一定差很多。

《活字倶樂部》二〇〇五冬季號

1　推薦我《騎士定食》的人是「仙台學」的員工。

2　之前，我在網路新聞網站上看到因為全球暖化，食物減少必須分食食物的白熊照片，令我覺得很心酸。我在短篇〈透明北極熊〉裡，寫了白熊的事情。看到有著美麗的雪白軀體與天真臉孔的白熊吃海豹，吃得滿臉是血的樣子，如實地傳達出生存有多麼嚴苛，令人深思。

攀越冰峰 1

非常遺憾的是，我無法撐過這部電影。不是因爲這部電影無聊，或是和我期待不符，而是雖然很精采，但我撐不過去。

壯麗的雪山，山頂上宛如白色火焰般搖曳的雲朵，既美麗又嚴苛。登山者的逼眞演技（說是演技，但看起來就像是認眞地登山）也充滿魄力。電影剛開始時，我已經擅自認定這會是部傑作，可是過了一陣子我就開始覺得不太對勁。

這部電影裡有兩種人，本人和演員。這是根據眞人眞事拍攝的電影，當然有「本人」。二十年前，有兩名登山者陷入了「若不切斷登山繩，兩人都會死亡」的極限狀態。還有「演出二十年前狀況」的演員。電影的結構是在演員演出的影像之間插入本人說話，以及本人對當時狀況的說明。

導演是刻意採取這樣的手法吧。不是「基於事實拍攝的劇情片」，而是

1　這是當時妻子經常閱讀的雜誌那裡偶然接到的邀稿，我覺得這個偶然很有趣，所以就接下了。邀稿內容是評論強尼．戴普的〈尋找新樂園〉或是這一部。我本來就打算去看〈尋找新樂園〉，所以就選了〈攀越冰峰〉。這篇評論或許有些嚴苛，不過即使是寫樂評或書評，我都是以誠實寫出自己想法為前提來寫的。因此，我記得當時自己的想法是雖然本片確實有有趣的地方，但是也要老實寫出在意的部分。

想主張這是「紀錄片」。他的想法確實傳達了出來，不是進棚拍攝，而是實景拍攝的登山場面，的確充滿臨場感，和普通的劇情片完全不同。然而，正因爲如此，我希望導演能讓我沉浸在那個世界裡。

一旦出現本人出現在銀幕上，開始談論「當時我是這麼想的」時，那麼兩位演員的逼真演技（說是演技，但是看起來就是認真地下山），就變成普通的「類戲劇」，非常掃興。掙扎爬下山的這個他，不是本人，而是演員，這個想法令我不斷出戲。一想到這明明是個單純卻又引人深思的故事，影像也充滿魅力，更讓我感到扼腕不已。

不過即使如此，到了最後，喬回到基地裡說的那句台詞[2]，讓我深受感動。不是什麼特別的話語，甚至可能有點老套，然而是在那種情況下，唯一能說的出色至極，堅強又溫柔的台詞。如果能將本人發言減到最低，只有充滿魄力的影像以及最後的台詞，這將是部非常優秀的電影。

〈攀越冰峰〉（Touching the Void）（凱文．麥克唐納導演）評論

〈PREMIERE〉二〇〇五年二月號

2　我已經完全忘記那句台詞在講什麼了（笑）我真的非常健忘。然後發現下一篇雜文的開頭就是在講這件事，讓我嚇了一大跳（笑）

長存記憶裡的短篇小說

我是個很健忘的人，如果不是很特別，我不會記得小說劇情。就連到底是在哪裡讀到的，都經常想不起來。不過，關於這篇短篇，不光是內容，第一次讀到它的事情（對我來說）都記得一清二楚。

我是在圖書館[1]讀到的。契機（當然）忘了，不過大概是忽然在意起（當然也是記不太清楚）「《山椒魚》最後的那句話到底是什麼？」吧。

我在圖書館書架上找到井伏鱒二[2]全集，站在書架區直接翻閱起來。接著在達到目的（解決了在意的事情），打算闔上書本時看到〈休息時間〉這篇短篇。我記得過程就是這樣。我不確定爲什麼當場決定要讀這篇作品，可能是我很喜歡描寫大學生的故事。懷著「就讀一下」的心情，我開始往下讀。

結果，這確實是我喜歡的故事，最後我就站著讀完了（雖說完了，不過

1　這是位在「仙台媒體中心」裡的圖書館。

2　在《OH FATHER！》裡，有名叫「鱒二」的登場人物。《OH FATHER！》裡的主要角色名字有「（三島）由紀夫」、「（河野）多惠子」等等，除了「鱒二」之外，我也用了其他文豪的名字。

我沒有後悔的意思（譯註））當然，這篇作品以短篇而言也算短的，所以讀的時間並不長。但是我沒有太多站著一口氣讀完什麼的經驗，因此清楚記得當時的狀況。

如果有人還沒讀過這篇小說，它的內容大致如下：

學生們在教室裡無所事事地度過休息時間。這時學生監前來帶走一名穿著木屐的同學，因爲木屐違反了校規。（我不知道這種名爲學生監的人物到底是什麼人，恐怕是監督風紀的人吧。）

留在教室的學生對於學生監的行爲大感憤慨，開始抱怨跟主張他們的憤怒。過了一會，那個違反校規的學生回來，但是大家的情緒並沒有平復，而是一個個（按照順序）在黑板上寫下各自的意見。

有人寫詩，有人寫下憤怒的語言。

作者很認眞（卻帶著幽默[1]）地描寫他們行爲。就只是這樣的故事。

不過，我覺得這篇作品非常有趣。十幾歲的時候，我也曾經因爲聽了朋友的發言，而絞盡腦汁地想「能不能講出更有趣的內容？」、「能不能講出

1　我喜歡讀有幽默感，或者不見得是幽默，而是帶著某種「令人發笑」元素的小說。我自己寫小說時，也認為「令人發笑」非常重要。幾乎可以說，我根本都在想著搞笑這件事（笑）

打動人心的話？」

不是舉手用講的，而是默默地在黑板上寫下文章，這點更是精采。

而且最後一個年輕人寫的話[2]既無聊又好笑。那是以片假名寫成的短文，然而我完全沒想過那種內容會寫在黑板上，簡直是被作者擺了一道，即使當時在圖書館裡，我還是噴笑出來。

我有很多讀小說讀到滿臉笑容的經驗，但是幾乎沒有噴笑過，這點我也記得很清楚（前陣子讀永井龍男的〈電報〉的結尾也是）現在回想起來，那只是因爲我沒有預料到會看到這樣的內容，所以很好笑。如果讀了我這篇文章，抱著期待讀的話或許就不會那麼好笑了。（打個預防針）

在這篇小說的最後，還有類似作者意見的部分。「青春就是這種喜劇的累積」、「如果要摘下櫻花，不如一鼓作氣折斷大枝的樹枝吧。」、「不要輸給學生監的腕力或是斥責聲。」這種不知道究竟是說教、激勵還是煽動的

譯註：日文中的「しまう」的語尾，含有結束某個行動以及某個行動帶來的負面意涵。

2　我奇蹟般地把那句話記得非常清楚（笑）我希望大家都能去讀這篇小說，只是截至目前，我還沒碰到有人跟我說「那真的很不錯」。

內容（我到現在仍舊無法理解作者的意圖），這種唐突之處，也令我覺得很有樂趣。

讀完後，我立刻喜歡上這篇小說。只是描寫休息時間的故事而已，但我認爲「只是這樣而已」就是短篇小說的有趣之處。「休息時間的故事，只是這樣，但很有趣喔。」想令人這麼說，就是魅力所在。

從圖書館回家的路上，我理所當然地跑了好幾家書店。因爲我很想把這篇小說放在家裡，在文庫區找出收錄這篇小說的短篇集，買了帶回家。（我雖然還記得這件事，但已經忘記最後到底在哪家書店買了。）

〈休息時間〉井伏鱒二〈短篇小說的醍醐味〉《小說現代》二〇〇五年五月號

所謂青春文學

「你最喜歡，或是受到影響的『青春文學』是什麼作品呢？」

《十九歲的地圖》[1]中上健次

不穩定、危險又難以忍受，說到青春小說，我腦海裡首先浮現這部。

《那年夏天，19歲的肖像》島田莊司

心酸的單戀、不安的謎團、與勇敢的冒險融合在一起。我心無旁騖地讀完了這部作品。

《十九分二十五秒》引間徹

我引頸期盼引間徹的新作。

「你認為『青春文學』是什麼樣的存在？」

想必不會是毫無道理地認爲「一定有爲我量身定做的人生在等待著我。[2]」的年輕人故事。

1　我想特別凝縮某種趣旨，所以用「十九」來概括。恰好喜歡的小說裡，就有三部。一開始我想到《十九歲的地圖》，再來是《夏天、19歲的肖像》。三部作品都是傑作。

「你認為『青春』是什麼？」

想必不是毫無道理地認爲「一定有爲我量身定做的人生在等待著我。」的那段時期吧。

〈作家&知名人士50人問卷調查〉《野性時代》二〇〇五年六月號

2　這是出自三島由紀夫小說裡的文章。

只能說「這是我的電影！」——《光明的未來》

我很害怕寫喜歡電影的文章。或許是擔心會被人發現我很膚淺，或是被行家指責是「外行人」（不過我本來就是外行人）。因此，我始終無法說出自己最喜歡的電影。不過這次我決定了，我要寫我眞心喜歡的電影。我喜歡《光明的未來》，喜歡導演黑澤清[1]。《復讐》、《蛇之道》、《X物語》、《荒涼幻境》我都非常喜歡，所以去電影院看《光明的未來》時，我內心有著和期待同等的不安。不過那完全是我的杞人憂天，電影開始沒多久，我已經在內心吶喊著「快點結束、快點結束。」並非因爲這部電影很無聊，而是因爲它是傑作。（一口斷定說是傑作也是有其風險，不過我不在意，就這麼說吧。）我坐立難安地心想，難道不能趕緊在這個「傑作的狀態」下趕緊結束嗎？

老實說，對我而言，這部電影裡出現的水母所代表的意義，或是「原諒

1 在《神木》上映的時候，黑澤導演在仙台舉辦了談話。那天下了大雪，我和妻子一起去看了電影，覺得黑澤導演真的非常棒。一點都不自以為是，談吐沉穩。我之前也說過，我是借用了黑澤導演的姓氏，創造出「黑澤」這個角色。緣分真是不可思議，那個「黑澤」登場《LUSH LIFE》的電影，是由黑澤導演的學生們所拍攝的，因此我有機會和黑澤導演進行對談，果然真的是很棒的人。當時我也告訴他「黑澤」命名的

你們」[2]的主題（是嗎？）對我來說都不是重點。只是，年輕的主角不停揮動鐵棒、丟保齡球、衝上樓梯、拿著塑膠罐從橋上往水裡倒、藤龍也去河邊看著水母的同時高舉雙手等等的場景令我看得如癡如醉。電影飄散出來的倦怠感和苦悶令我緊張，那不可思議的空氣令我茫然。我不由得擅自認定所謂電影，並不是劇情，而是影像和聲音的「運動體」。這部電影到最後都很精采，我的擔心是多餘的。穿著水母T恤的年輕人在路上閒晃著的場面，應該沒有什麼意義吧。雖然散發著不安的氣氛，但我認爲那絕非對於年輕人頹廢或黑暗的未來的隱喻。電影使用的爆轟樂團曲子也超棒，我確信這是小說或漫畫絕對辦不到的感動。因此，請不要在我面前說這部電影的壞話。

《光明的未來》（黑澤清導演）〈CINEMA〉
《papyrus》二〇〇五年八月號

由來，他沒有什麼太大的反應，不過還是對我說他覺得很光榮，實在是很溫柔的人。

2　這部電影「原諒」的主題和《末日愚者》處理「原諒，不原諒」的問題有所關連也說不定，這是我重讀這篇文章的感想。

旅鴿

關於哆拉A夢的回憶是什麼呢，我試著回想後，眞的是接二連三地各種記憶不斷復甦。有那個道具、有那個故事，我這才發覺我的的小學生活幾乎被哆拉A夢，或是進一步來說，被藤子·F·不二雄塡滿了。

首先想起來的是開始在電視上播出時的事情（我查了一下，嚴格來說，當時算是第二次改編成電視動畫。）我對於可以在電視上看到哆拉A夢大感興奮。和小我一歲的弟弟一起坐在電視機前，等待著播出時間。（我記得）播出長度僅有十分鐘，才剛播出主題曲，一下子就結束了。不過我記得我當時很憤慨第一集登場的道具是縮小隧道，「爲什麼是縮小隧道啊？明明就有更好的道具啊。」不過若是問我要出現什麼道具才可以，我也說不出個所以然，但就是很生氣。

令我印象深刻的漫畫內容多如牛毛（比如說《獅子假面》這部恐怖的作

中作，或是讓還是孩子的我第一次知道賄賂意義的賄賂器等等〉，如果要我立刻舉出一個的話，我會舉出第十七集的〈大鴕鳥多多鳥再見〉。大雄利用時光圈和時光糊，將絕種動物帶回了自己的房間。我應該是透過這一回才知道恐鳥、多多鳥等絕種動物。

其中我記得最清楚的是旅鴿。在這一回裡，一隻已經滅絕的旅鴿，在無關緊要的場面登場。我還記得當時我心想，這隻鴿子的名字好奇怪，總之旅鴿給了我十分強烈的印象。我以《奧杜邦的祈禱》這篇長篇小說獲得新人獎出道。在這篇小說裡，旅鴿是非常吃重的角色。儘管旅鴿是以數億隻數量一同飛行的鳥類，卻還是絕種了，這令我對牠們產生很大的興趣（從數億隻到零隻，這實在太難以置信了。[1]）因此我讀了很多和旅鴿有關的書籍，寫到小說裡面。

在新人獎頒獎典禮之後的派對上，慢慢走進我的某位記者[2]（當時小說尚未出版，對方應該不知道內容，只是讀了簡介，來找我說話而已。）對我這麼說，「伊坂先生，書裡出現旅鴿和哆拉A夢有沒有關係呢？」

1　有這麼多隻，所以怎麼獵殺牠們也沒關係吧，只因為如此毫無根據的感受，就將旅鴿獵殺殆盡，這種事情果然很恐怖。

2　這位記者就是後來邀請我寫「生肖雜文」的人。我當時因為他問我旅鴿的事情，非常開心。萬萬沒想到現在卻每年都為了生肖雜文遭到動物折磨（笑）

這一瞬間，遙遠過往時讀過的〈大鮀鳥多多鳥再見〉一口氣在腦中復甦了。「原來是這樣嗎，說不定我會對旅鴿有興趣，就是託這一回的福吧。」我這才領悟到。「對、對，有關喔。」聽到我的答案，那位記者也看似開心地微笑說，「唉呀，我也很喜歡那一回。」眞是不可思議，我明明和他第一次見面，卻充滿了親近感（雖然兩個老大不小的男人在公開場合談著哆拉A夢，是有點好笑。）雖然不全然是因爲哆拉A夢，不過我和那位記者至今一直維持不錯的交情。

仔細想想，如果沒有哆拉A夢的話，我可能根本不會知道旅鴿的存在，也就是說我大概不會寫有旅鴿登場的小說，我也很可能根本不會當上推理小說家。從這個角度來看，哆拉A夢眞的是非常重要的漫畫。

最後，雖然不需要特別提出來，不過我爲了這次的〈大鮀鳥多多鳥再見〉，睽違二十年地重溫哆拉A夢，對於作品水準之高大感驚異。簡單灑脫的筆觸，各篇短篇發想、出乎意料的劇情發展、以及輕妙的結尾，眞是太奢侈了，我爲之感激不已。

如果之後有孩子，爲了讓那個孩子，也爲了讓我自己反覆閱讀，我得趕緊買下全部[3]的哆拉A夢。我滿腦子都是這個念頭，但我也立刻察覺我沒有可以放下整部哆拉A夢的書架。哆拉A夢，請給我寬敞的房間和大書櫃！

〈更多的哆拉A夢〉No.2

3　我到現在都還沒買下整部哆拉A夢。我打算買已經出版的全集，不過目前正在和不斷繁殖的書籍格鬥中，等到確保足夠空間後就會立刻買。

連作的規則

一開始是集英社的I君來仙台，接著是K先生，然後他這麼說了，「要不要嘗試〈十誡〉？」

這部奇士勞斯基拍攝的電視影集是以某棟公寓的住戶爲主角，每一集主角都不一樣，總共十集。每一集風格都不一樣，有沉重的人性描寫，也有帶著懸疑或幽默調性的內容，多采多姿。（當時的）我很喜歡這種住在同一個地方的人們生活互相交錯，彼此擦身而過的故事，立刻答應K先生。只是我也拜託K先生讓我將故事背景設定爲「隕石即將落下，再過幾年世界就會結束」。已經有很多描寫隕石毀滅地球的故事，不過我不想寫當下的恐慌，而是想寫恐慌已經過去，世界恢復小康，而且大家都知道幾年後末日就將到來的內容。我認爲這是個非常適合不知道何時會死去的我們的寓言故事。

籌備這部連作短篇[1]的過程中，我和I君決定「篇名要押韻[2]」、「每

1　這些短篇最後集結為《末日愚者》。寫作前，我拜訪了天文學專家的東北大學教授及天文台員工，是我少數進行取材後才寫的作品。一開始責任編輯對我說，「來寫不是推理小說的作品吧。」我之後才知道，他當初這麼講並沒有什麼深奧的企圖，害我不自覺地笑出來。

一篇的主角和故事風格都不一樣」，然後「每篇都要放入『寬恕』這個想法」的格則。當時我的作品就像是復仇故事或是搞笑故事一樣，淨是一些「不可原諒的事情」「不可寬恕的人物」，所以這次決定要採取相反的路線，描寫「在末日來臨前，寬恕某個對象」。只是，雖然是自己決定這麼做的，這些規則卻是非常麻煩的束縛，每次都讓我花上好一番功夫。我好幾次都拜託I君放棄這些規則，但是直到最後I君都不肯饒過我，明明「寬恕」就是這次的主題啊。

不過總而言之，每篇短篇都是我的滿意之作，總算是鬆了口氣。也不需要再煩惱篇名了。

〈謝幕〉〈小說昴〉二〇〇五年十一月號

2　一開始，我原本打算和《死神的精確度》一樣，押「末日」的頭韻，像是「末日愚者」、「末日太陽」之類的，不過最後是押了下面的片假名的韻腳。因為是先想篇名在寫，所以當我寫完〈圍城的啤酒〉將原稿寄給了責任編輯I君。我記得他後來指出「不好意思，故事裡並沒有出現啤酒喔。」（笑）

直到魔王[1]呼吸為止

就像是被附身一樣地寫出來——這種說法怎麼看都很可疑，而且失去冷靜寫出來的小說也不見得就很好看，或許不應該很自傲地這麼寫才是；然而〈魔王〉這篇作品，確實是我宛如被附身一般地寫出來的。

一開始，編輯向我邀的稿子是「大約一百張稿紙左右的故事」，然而一旦開始動筆，腦中就接二連三地浮現出「不寫不行的場面」，這下糟了，我緊張不已一一跟編輯確認「寫得有點超過字數了」、「對不起，大概會寫到兩百張」、「抱歉，超過兩百張了」、「我寫到幾乎要三百張，你不會生氣吧？」，然後繼續往下寫。

開始寫〈魔王〉前，我對於自己作品的滿意度，與讀過我作品的人反應的落差感到有些困惑，也煩惱過。最後我決定「想太多也沒有用，就寫自己寫的東西吧」，決定將截至目前我的作品受讀者喜愛的部分全部放棄。例如

1　我這時候完全沒想過〈魔王〉會和《摩登時代》產生關連。

「巧妙利用伏筆的結局」、「意外性」、「痛快感」等等，因爲我想知道如果拿掉這些部分，讀者會怎麼看待我的小說？

「魔王。」

最早決定篇名。我腦中靈光一閃，「魔王，聽起來不是很厲害嗎？」只有篇名先出現，再從篇名開始想像「魔王，會是什麼故事呢？」

若是魔王，可能是個只要有「去死吧」的念頭便能致人於死的男人，不斷殺人的故事。不過這樣又太平淡了，既然如此，就來想想還有什麼其他能力吧，最後想到「讓別人說出自己想講的話」，有腹語能力的主角。

「主角和政治人物的對決。」

我接著決定這件事。腦中並沒有特定政治人物的臉孔，不過一個雙眼充血的青年像要撲上一般，緊盯著映出政治人物或是總統的電視畫面，不斷發送腦中想法，那種無力、執著又樸實的模樣浮現在我腦海。

然而，說是這麼說，我對於政治、政治人物的事情完全不了解。雖然有關心，然而既沒有相關知識和資訊，一不小心搞不好連基本常識都沒有，我對於自己能否正確描寫政治人物，感到十分不安。

「就用墨索里尼吧。」

因此，我算迅速地決定了這件事。反正不了解政治現況的話，就讓過去存在過的知名政治人物在現代登場就好了，完全是便宜行事的想法。

決定這些事情後，不可思議的是各種元素接二連三地出現了。法西斯、宮澤賢治、馬蓋先、西瓜子的排列方式、死神等等，隱藏在我記憶裡的各類事物不停浮現出來，而我也一如往常，不考慮先後順序，只是一味地讓故事繼續。然而，這些元素毫無窒礙地連結起來了，是非常不可思議的體驗。到了最後，突如其來的，舒伯特的〈魔王〉和篇名完全合拍。對我來說，就是「拚命往前衝，然後抵達了目的地」。

〈魔王〉就是這樣寫出來的。雖然是我「愛寫什麼就寫什麼」的小說，但一旦完成後，還會對讀者如何閱讀這部作品感到有些緊張。「和以往的作品一樣」如果是這樣的意見，我會鬆一口氣，若是被認爲帶有政治訊息的話，我一定也會困惑。因此當雜誌登出時，我十分緊張。我收到了否定的意見，也收到出乎意料的稱讚，各種反應都有，令我覺得很有趣。（唯一令我感到驚訝的是，有讀者指出〈魔王〉和史蒂芬．金的《死亡禁地》非常類似。我並沒有看過這本小說以及改編電影。被這麼一說，讓我十分喪氣。我開始寫〈魔王〉時，就一直抱著要寫一部沒人看過的故事的抱負，果然這種事情沒那麼容易辦到。）

「寫續集吧。」

我在寫完〈魔王〉後就這麼想。因為〈魔王〉的結局太悲慘，太無可救藥了，我完全不想被認為是拿悲劇來當賣點。加上一篇快樂大團圓的續集，這樣一來〈魔王〉這篇作品豈不就變得更加難以看透了嗎？我暗暗期待。

「呼吸」

我也立刻就想到了續集的篇名。當我決定寫一篇和〈魔王〉完全相反故事的瞬間，我就確定「『魔王』的相反詞，不是『人類』或是『天使』，而是『呼吸』。」我認為「魔王」若是荒唐無稽又誇張，脫離現實的事情，那

1　我真的非常喜歡黑澤清導演的這個系列。第一部是非常正統的電影，第二部則十分特異，完全無法掌握導演的意圖。這種自覺地改變連續作品風格的作法，在創作上是充滿玩心的手法。我的狀況則和黑澤導演相反，先是特殊的《蚱蜢》，然後是傾向娛樂小說的《瓢蟲》，就是這樣的關連。

2　〈魔王〉刊登後果然如我擔心的，到處都有人說這是關於政治的小說。

麼「呼吸」便是自然又樸實的事情。

因此，我接下來開始寫〈呼吸〉。這時候，我心裡想的是電影導演黑澤清的「復仇」系列、「修羅的極道」系列的一連串作品[1]。這兩者雖然沒有明記「上下集」或是「第一、第二集」，但分別都是以兩部作品構成。而且有趣的是，兩個系列的第一部作品都是「較容易理解的娛樂電影」，第二部則是「難以理解的特異電影」。第一部是「復仇的故事」，第二部則是「結束復仇的男子奇妙生活。」用比較亂來的講法解釋，就是兩部電影風格差異如此之大。我不知道導演是否眞的刻意這麼做，不過我自己則認爲應該「這麼」做。如果以直球比喻〈魔王〉，那麼〈呼吸〉就是超慢速曲球。

我一開始就決定「加入修憲」。我不是因爲知識或是得到相關資訊而決定這麼做，只是單純有「不久的將來，一定會進行修憲公投。」的預感，而我認爲「與其到了那時候才寫小說來談這件事情，應該要現在就來寫。」（可能也是認爲不管什麼事情，都是先做先贏吧。）

結果〈魔王〉和〈呼吸〉都成了和政治有關的故事。

單行本出版時，恰好碰上小泉總理的郵政民營化選舉。我還記得有人說〈魔王〉是改編這件事情，令我十分懊惱，因為明明就是更早就寫的作品。最近則又和民主黨大勝的狀況有重疊了（笑）齋藤美奈子女士在文庫解說裡這麼寫，不過我想不論什麼時代都會發生類似的事情吧。

3 就算我聽了性手槍唱著「讓英國陷入無政府狀態！」的歌曲感到興奮，但我不會想說「好！那就當個無政府主義者吧！」（笑）聽尾崎豐的歌對社會和政治毫不關心，拉開距離，認爲只要自己的日常生活過得好就好的人們，對於覺得散發出那種氣氛的小說不對勁的我來說（對於他人如此理解我作品風格一事，我是有所覺悟的。），寫作和政治有關的故事是我自己能夠接受的工作。

然而，即使如此，我還是害怕這兩篇小說會被評斷爲有政治訊息[2]。這點令我非常煩惱，我途中停下了好多次，不斷將寫好的部分刪掉重寫。我就是這麼寫完了這本書。

我從以前就非常喜歡龐克搖滾[3]，雖然唱出對政治、社會的不滿，但我也覺得那些歌詞大多都很陳腐，和我的想法有許多扞格之處。然而，聽的時候，卻的確令我感動、興奮與快樂，我希望這本書能以這樣的方式抵達讀者身邊。

《書》二〇〇五年十一月號

也不會讓我想「偷輛機車，前往某個地方」。只是某個發出這種吶喊的人爆發出來的感情、或是孤獨、焦躁之類的情緒打動了我而已。對我而言，如果要描寫「和某種存在戰鬥的主角」，那「敵人愈大愈好」，我的想法非常單純，只是想要寫「國家」或是「社會」而已。基本上，在我心裡不管是「美國」或是「中國」，都只是類似「日本以外的大國」記號一般的存在，並沒有任何特別的意義。只是對我個人來說，和「永遠在一起」或是「抬頭一看，想要度過那道彩虹橋」之類的音樂類型相比，我更喜歡「喔喔，我們要打倒體制！」這種帶點幼稚的音樂風格（笑）

喜歡的書《足球小將翼》[1]

講到小時候喜歡的書，我會舉出《莽撞三人組》、《我們是馬格克偵探團》、江戶川亂步、《國王系列》等等，一連串童書。

不過仔細想想，比起這些小說，小學生的我應該更沉迷漫畫。

我會收集《哆拉A夢》、《21衛門》等等藤子不二雄大師的作品，也會去垃圾放置處撿《阿松》、《天才妙老爹》回家，反覆閱讀。

我最喜歡的當然還是《JUMP》。對當時的我們來說，《週刊少年JUMP》是不可或缺的。講到漫畫就是JUMP，毫無根據地堅信JUMP上的所有漫畫都很好看。（雖然我在高年級時，看到大友克洋的《童夢》[2]後，大受衝擊，對漫畫有全新看法。）

不過我自己並不是每週都會買《週刊少年JUMP》，有時跟朋友借，或者從垃圾放置處撿回來斷斷續續地看，我主要是以單行本爲主。至於固定會

1　我非常沉迷於《足球小將翼》。小學時存起零用錢所買下的《足球小將翼》可能已經不在家裡。我在進入大學搬家的時候，並沒有把它們帶過來。如果是《大甲子園》就全部都有（笑）當時我最喜歡的角色是岬太郎，第二喜歡的是「玻璃王牌」三杉淳。

2　是親戚的叔叔推薦我讀《童夢》，然後我自己買來看，大為震撼於原來還有這樣的漫畫！

看的作品應該是《金肉人》、《熱拳本色》、《怪博士與機器娃娃》、《高校！奇面組》等等。

每部作品都令我印象深刻，各有回憶，不過我這次要談《足球小將翼》。

小學時的我熱愛足球，不管何時何地都在踢足球。事到如今，我不知道是因爲這部漫畫讓我開始踢足球，還是因爲足球才讓我著迷這部漫畫。不過可以確定，我受到了這部漫畫很大的影響。

其中回憶最深的是，《足球小將翼》的第二集[3]。

我記得那是跟同學借的（果然不是自己買），回家路上翻開一看就停不下來了，一直邊走邊看地走回家。現在回想起來，那或許算是我人生第一次看足球比賽（雖然是漫畫）。這麼做不算犯規，守門員很難擋下這個角度的射門、可以這樣劇球等等，我當時覺得自己透過這部作品學會了足球的技巧（因爲是漫畫，有很多實際比賽不能做的事情）。

我毫不在意上下坡、十字路口和周圍人車，專心地讀著漫畫，激動地回

3 第五集有一個副標是「意外的伏兵」。我不記得當時漫畫是怎麼說明的，但是我記得我還去問了母親「伏兵」是什麼意思（笑）

到家裡。讓觀眾歡聲雷動的主角小翼高超技巧，令我感動不已，到了後半部，轉學生岬太郎突然現身幫助球隊的場面也令人興奮。這時候的小翼的確還不是隊長，顯然和書名裡的「隊長」有矛盾，但我一點都不在意。

然後，最讓人激動的還是第一集出現的倒掛金鉤[4]橋段成了伏筆，在最後的最後發生作用，讓我在心中吶喊著「哇——！」大爲感動。

就算這麼寫，沒讀過的人完全無法理解吧（說不定看過的人也看不懂）眞是非常抱歉。

老實說，更令我感動的書，或是改變我價値觀的漫畫，抑或是我自己確實購入閱讀的作品還有很多。然而，在小時候邊看漫畫邊走路回家的經驗，僅有這麼一次，這是對我而言非常珍貴的一本書。（順帶一提，我後來自己重買了。）

〈小時候，我所沉迷的這本書〉《小說寶石》二〇〇五年十一月號

4 我也是從漫畫裡學到倒掛金鉤的。在操場這麼做了之後，搞得自己全身是血。我雖然超喜歡足球，不過國中時卻進了籃球隊。我想在籃球隊取得一個擅長足球的位置，我就是很會搞這種小聰明（笑）

調查官[1]與孩子們

「為什麼決定寫主角是家庭裁判所調查官的小說呢？」

二〇〇四年五月出版《孩子們》[2]後，我常被問到這個問題。每次我都回答「動機很簡單，因為我有朋友是家庭裁判所的調查官。」實際上，最初的契機確實如此，朋友M君當過調查官。（真的很簡單呢）

我沒正式問過M君為什麼當家庭裁判所的調查官。（我知道他大四的時候會在圖書館念書；而且休息時間還比用功的時間長很多。）不過畢業後，偶爾見面聽了他的話後，忍不住覺得調查官真的是很辛苦的工作。當喝醉的我們說著「少年啊，反正就是覺得只要道歉就能獲得原諒地瞧不起社會，應該要嚴格懲罰他們才對。」這類不負責任的話時，他總是苦笑地「嗯——」的一聲既不反駁也不生氣，而是欲言又止地說「可是呢……」令我很想知道「可是呢……」之後，他究竟會說什麼。

1 寫《孩子們》的時候，有位朋友幫了我很多忙，而這位朋友就是這篇文章裡的M君。這篇文章也是他邀請我寫的。我想幾乎沒人讀過這篇文章，所以非常貴重（笑）

2 雖然《孩子們》是我花了很大力氣寫出來的作品，但是我至今都還是會擔心，是否相關人士會來批評我根本什麼都不知道。畢竟這是我聽了擔任調查官的朋友的話，覺得這個工作很辛苦的想法開始的作品，如果讓之後，我開始閱讀家裁調查官寫的書，沒想到每一本書都非常有趣。和「熱血教師的熱血」不一樣，和「診治患者的醫生的冷漠」也不一樣，他們奮鬥的模樣非常新鮮。書裡完全沒一口斷定「少年就是怎麼樣」的段落令我很有好感。再者，這樣也不對，那樣也不對，調查官抱頭煩惱的模樣也使人很感動，「身爲專業人士的調查官如此煩惱地工作，身爲局外人的我們或許不應該那樣大放厥詞。」我不禁這麼覺得。

老實說，我對於「因爲少年還有未來，與其給予懲罰，更應該考慮矯正他們」的想法，就是覺得不太對勁，我其實是抱著「就算是少年，不給予和成人相同程度的懲罰不行」的想法。然而，讀了家裁調查官的書，聽了M君的話，我稍微開始改變想法，或許沒有所謂的正確答案。我始終認爲沒有答案的事物就應該寫成小說，因此決定寫調查官的故事。

關於〈孩子們〉這篇小說，我一開始只決定一件事。我不要寫「調查官認眞地面對少年，突破少年心防，少年改過自新」這種美化過的故事。然而，我也不想寫工作毫無收穫，帶有嘲諷意味的故事，也不打算寫「少年的

他們覺得不愉快，那就本末倒置了。因此我很在意擔任家裁調查官的人對於〈孩子們〉的想法。因為我很喜歡登場人物中的陣內，所以也一直考慮寫陣內還是家裁調查官時的長篇小說。

3　我以前看過電視上關於「沒有理由的殺人」的討論。其中一位來賓斷定「所謂沒有理由的殺人從卡謬的時代就有了，並不是新的問題。」我當時聽了覺得不太對勁。我認為卡謬之所以將「沒有理由的殺人」當成某

心靈一片漆黑」這種虛假的內容。總之，我想要寫出不偏重任何一個方向，有趣又歡樂的故事。

執筆過程中，我無意間看到了電視上的政治人物說著連孩子都能分辨出來的謊話，或是根本就是玩文字遊戲的藉口時，腦中浮現出「就是因爲大人面目如此醜惡，才會被孩子瞧不起，不是嗎？」的念頭。

我就是抱著這樣的心情寫出了〈孩子們〉，然後和其他短篇一起出版成書。不過在書出版之後，還是有人認爲「若是毫不閃躲地和少年對峙，那麼少年就能恢復原本面貌呢。」或是完全沒有察覺我想傳達的是「大人就是因爲面目醜惡，所以才這麼糟糕。」的人。令我不禁反省起傳達自己想法的筆力果然還是不夠啊。

接下來，我想改變一下話題。我最近很突然地重讀了卡謬的《異鄉人》[3]，思考起一件事。這本小說裡經常被當成「毫無理由的殺人」的代名詞，不過這次再讀，我有點懷疑果真是如此嗎？

我在此簡單說明一下故事：「名叫莫梭的年輕人殺了人後遭到逮捕，接

種文學題材，不正表示了這是很少見的事情嗎？而在現實生活中發生了如此少見的事情，才應該加以討論，不是嗎？從那之後，我對於會說「那是從卡謬的時代就有的事情！」的人就無法信任了（笑）當時我抱著這種想法，又讀了一次《異鄉人》後，反而認為書中所處理的殺人確實存在著理由。當我思考著這件事情時，正好收到邀稿，所以就以《異鄉人》為中心寫了這篇文章。

著被懲罰。」就是這樣。（或許會有人誤解這本小說就是這樣，但這是一本故事單純，但本身充滿小說醍醐味的作品。）莫梭被問到殺人動機時，完全沒有像樣的答案，而是回答「因爲太陽太刺眼了」之類的回答，因此很多人認爲「這是年輕人引發的毫無原因、沒有意義的犯罪。」

但是我並不認爲「沒有理由」。

故事從莫梭的母親死在養老院開始，莫梭顯然爲母親的死大爲動搖。而且不管是雇主、附近的男人，莫梭身邊有很多「令人討厭」的人。愈是想像，我就愈覺得莫梭的生活充滿了壓力。

恐怕這個案件並非「沒有理由」，只是「本人也不知道理由是什麼」而已。如果這個案件發生在現代（莫梭是少年），然後由家裁調查官進行調查的話，絕對不會一口斷定這是什麼「毫無理由的殺人」吧。

當然，我並不會因爲有其理由，就說應該要放莫梭一馬（我認爲不管什麼情況都應該嚴格懲罰才對）只是，這部小說裡登場的檢察官這番主張「這個年輕人明明母親去世了，卻還是去海水浴場和女孩子遊玩，去看喜劇電影，然後在母親葬禮上也不哭泣，必須要判處死刑。」也令我毛骨悚然。

只看表面的事實，將「無法理解」的事物蓋上蓋子，決定「年輕人變得異常」的狀況，我認爲從卡謬的時代到現代或許從未有所改變。

《家裁調查官研究展望》No.33

我的底牌

在這裡刊登出來的時候，或許已經發售了。我在二〇〇五年十二月出版[1]了未經連載的新作《沙漠》。

雖然書裡出現了超能力、總統、麻將，不過基本上是描寫剛上大學的年輕人的生活和冒險的故事。

二〇〇六年的春天，預計將在地方報紙[2]開始長篇連載。

到底會在哪份報紙上連載，現階段還不清楚，不過目前已經決定篇名是〈OH!・FATHER〉，內容預計是一個擁有四名父親的高中生日常生活。

如果這篇小說出現在您訂閱的報紙上，感謝您願意賞光。

《這本推理小說了不起！》二〇〇六年版

1　我很喜歡《沙漠》單行本的封面設計，當我知道評價不好時，遭受了巨大打擊（笑）

2　在《LUSH LIFE》出版後，報紙小說的發行商來向我邀稿。我問負責人為什麼會找我寫，對方回答是河北新報的人推薦的。但是當我詢問和我熟識的河北新報的人，對方表示「不是我推薦的。」結果到現在我還是不知道究竟是誰推薦我的（笑）

2006年

關於父親喜歡狗這件事[1]

接到「請寫以狗作爲題材的雜文」後，我有些煩惱。我的小說確實常出現狗，我自己只要看到狗的生氣蓬勃又優雅的模樣，就會不自覺露出微笑。以前我看到「警察的狗」這種形容，以爲是在講警犬的事情，結果是指「對警察卑躬屈膝，卑鄙的傢伙」（通常都是用「警察的走狗！」）我記得自己甚至很憤慨地想，「不要把狗用在那種意義上！」因此我知道自己很喜歡狗[2]，不過實際上我並沒有養過狗，也不清楚狗的生態。

所以我想不到可以拿來寫成雜文的題材，感到很困擾，就在這時，我想到一個「總是將狗食放在口袋裡的人」，就是我的父親。他的長褲口袋總放著狗食，就算沒有手帕，也一定有狗食。不是濕潤型的狗食，而是乾乾，像零食那種，而且不是放在袋子或盒子裡，就這麼直接放在口袋。

放著那種東西的衣服到底誰會洗？難道不會不小心當成零錢拿出來嗎？

1 慣例（笑）的「生肖雜文」第三篇。這時候已經變成壓力了（笑）

2 父親和我一樣很喜歡狗，不過一次也沒有養過。我在十幾歲的時候，曾經和貓一起生活過，所以也很喜歡貓。

這類疑問眞是數之不盡，不過他就是隨身帶著狗食，只要在路面看到狗，就會打招呼說「你好啊。」然後慢慢從口袋裡拿出狗食。

狗當然會很高興地搖著尾巴，這麼一來父親也會開心地摸著狗說，「嗨，過得還好嗎？」旁人看來一定會覺得他是個怪人，就連身爲家人的我也覺得他相當奇怪。

我想父親沒打算馴養狗，說不定是因爲我小時候就算從父親那裡收到禮物也不會表現出開心，因此父親在看到對於狗食表現出感謝的狗身上，感受到未曾嘗過的滿足感。

有時候，他會摸著被狗鍊拴著的狗說，「你眞是了不起啊，獨自生活到現在。」什麼獨自生活，在有狗鍊的情況下，牠一定有飼主啊。不過父親這句話或許另有深意——不，應該不可能。

我又聽說，他想要給養在附近鄰居家庭院裡的狗食物，可是因爲狗屋離得很遠，所以他從欄杆這頭往狗屋那裡扔狗食。我忍不住覺得，這已經不是餵食，而是攻擊或虐待吧，不過他本人毫不在意。

還有，大概聽說狗鼻子的濕潤程度是健康指標，父親如果看到鼻子乾燥的狗，就會說「唉呀，你還好吧？」用手指沾了口水，塗在狗的鼻子上。這根本就是本末倒置啊，但他本人依舊一點也不在意。之前，他也曾經用口水塗在某處碰到的孩子[3]鼻子上。

我已經搞不清楚，他到底是喜歡狗還是怎樣了。

中日新聞（晚報）二〇〇六年版一月六日

3　那孩子完全不知道發生什麼事，當場愣住了。

活用經驗[1]

我前陣子搬家了。只是在仙台市內短距離移動，但還是很辛苦。裝滿書籍的紙箱在房裡堆得高高。忙著將紙箱歸位，我甚至閃到了腰[2]。

那股疼痛眞的突如其來。因爲是第一次的經驗，我嚇壞了。我慌慌張張地到藥店，以彎著腰的難看姿勢衝進，撲上去一般地抓住男性店員說「救命啊！」不過他倒是十分冷靜。

「閃到腰基本上就是腰部扭到了，只能先冰敷了。」

眞的嗎？我半信半疑地回家，立刻將冰塊裝進塑膠袋裡，然後在入睡前放在腰上。顯然那位店員沒錯，一晚後，腰痛就減弱了。

我現在有股預感，總有一天會在小說寫下[3]充滿臨場感的閃到腰情節。

〈U7〉vol.6

1　我想應該也沒有什麼讀者讀過這篇文章。這是刊登在一般社團法人學士會的會報的文章。

2　我到目前還沒有再次閃到腰過。關於處理閃到腰的方法好像分成冰敷派和熱敷派，因為我是用冰敷治好的，所以想投冰敷派一票。不過醫學上，到底那一派是正確的呢？

3　我現在還沒寫，不過總有一天一定會寫。

近況

十二月時，我出版了久違未經連載成書的《沙漠》。在二〇〇四年秋天左右動筆，不過故事更早之前就想了，因此裡頭有兩個當時的時事題材。

第一個是，我記得二〇〇二年底去世的音樂人喬．史楚默（Joe Strummer），他是衝擊樂團的成員。他去世前不久，雷蒙斯樂團[1]（Ramones）的主唱喬伊．雷蒙斯（Joey Ramone）也去世了。兩人都還很年輕，讓我覺得難以置信。我在高中時第一次聽到他們的音樂。當時樂壇上有一股很強烈的龐克音樂已經來到強弩之末的氣氛，聽到他們死訊時，我很寂寞。

第二個是伊拉克。

我記得同樣也是二〇〇二年年底左右。美國強力主張伊拉克擁有大規模的破壞性武器，和聯合國起了衝突。事情到底會怎麼發展呢？我抱著不安、恐懼，或者是不負責任的好奇心，看著新聞報導。這麼講或許有語病，不過

1 我之前看了雷蒙斯樂團的紀錄片。才知道自從強尼搶走喬伊．雷蒙斯的女友後，喬伊和強尼在工作之外完全不談話。從樂迷的角度來看，這真是令人大受打擊。人跟人之間真的可以一句話都不講嗎，太令人驚訝了。我喜歡的段落是強尼第一次看到他們被要求穿上可說是雷蒙斯樂團標誌的騎士外套時拍的照片說的話。「看到那張照片時，我們瞬間領悟到『我們紅不了了！』」這句話真是好笑。

當時我的確認爲「不管誰怎麼反對，反正美國一定會攻打伊拉克。」

我不知道該怎麼做才是正確的，不過我覺得在日本地方都市傻傻過日子的我們能做的，或許只有祈禱著世界和平，然後打麻將時打出平糊（譯註）罷了。

因此當我開始動筆時，腦中出現了「龐克搖滾和麻將」兩個關鍵字。也因此，書中的登場人物老是把「喬．史楚默啊……」、「喬伊．雷蒙呢……」掛在嘴邊，打麻將時，也非常固執於要打出平糊。

明明還沒出社會，卻擺出一張老成的臉孔，毫無根據地認爲自己什麼都辦得到，我意外地很喜歡這樣的大學生活，到最後，這個故事就成了「龐克搖滾與麻將與大學生」。如果各位讀者能以輕鬆的心情讀完，並且覺得很有趣的話，身爲作者的我會很開心。

〈新書訊息〉二〇〇六年六月號

譯註：日文中的平糊寫作「平和」。

那很好啊

我得到新人獎出道之後，有一段時間是兼職作家。因爲責任編輯建議我「三年之內絕對不可以辭職喔」。我自己也很清楚絕對不可以辭職，很難單憑版稅過日子；而且如果我辭職了，妻子的壓力立刻就會變大。如此一來，我會因爲內疚和壓力而無法寫小說。有時候工作很忙碌，或是被調去做精神壓力很大的工作時，我也想過辭職專心寫小說這件事，可是每次這麼想，我就會告訴自己那不是想專心寫小說，只是想逃避現實。

不過等不到三年，我就辭掉工作了。當時我才只出了一本書，和現在相比更加沒沒無名。

那天，我在通勤公車上聽著隨身聽。眺望著窗外，聽著喜歡的歌曲[1]。不知道爲什麼那一天，那首歌聽起來比以往更令我覺得新鮮。歌曲的旋律讓我驚艷不已，不知道爲什麼我同時想起了自己正在寫的小說。我不知道究竟

1　這首歌是齋藤和義先生的〈幸福的早餐 無聊的晚餐〉。當時寫這篇文章時，責任編輯曾經問我是什麼歌，不過我當時沒有告訴對方（笑）不過偶然的是，後來齋藤先生來邀請我替他寫歌詞時，也是透過同一位編輯。

是什麼理由，但我心想如果不專心寫小說的話，我沒辦法寫出勝過這首歌的作品。如今回想起來，這實在是有些傲慢，但那一瞬間我確實這麼想。當時公司有個大案子正好結束，工作上有所餘裕這件事情也推了我一把。因爲我終於能夠相信自己不是因爲想要逃避現實，才辭掉工作。

但是，我應該怎麼告訴妻子呢，這令我很不安。如果她要我再忍耐一下，那麼我應該不會更強力地主張要辭職；但是如果她鼓舞自己說再來要更努力的話，那麼我也會因爲心疼她，改變念頭吧。

回家之後，我老實跟她招認，「我想要辭職，努力寫小說。」

「那很好啊。」她這麼回答我。不是不負責任地隨口說說，也絲毫不見任何沉重之感，而是非常輕快的回答。

託妻子那個輕快回答的福，我下定了決心。我還不知道這究竟是不是正確的決定，但是當時[2]妻子的這句話是我收過最棒的禮物。

〈難以忘懷的禮物〉《pontoon》二〇〇六年二月號

2 那是十二月的事情。隔天我打電話向公司社長表達要辭職的打算。社長很早就知道我在寫小說，所以講電話時，社長似乎認為我已經能靠寫小說餬口了，只說了「這樣啊。」但其實根本不是這樣（笑）我當時剛開始寫《重力小丑》。隔年三月才正式辭職。

最適合用「有韌性的小說」形容的作品

我認爲小說和電影、音樂和漫畫有所謂的韌性存在。這和普遍性或是有效期限不一樣，而是幾十年後仍然擁有和現今（或者是超越現今）相同的韌性。我書讀得不多，不能講自以爲是的話，不過講到「小說的韌性」，我腦中首先出現佐藤哲也、亞紀夫妻的一連串作品，以及津原先生[1]的作品，特別是《陰莖》。

劇情裡沒有發生什麼大事，但光是順著文章往下讀，我就感到興奮。明明黑暗、扭曲的故事，讀著讀著卻有一股奇妙的親近感，被吸進故事裡。標題是《陰莖》，從冷凍庫發現少年的屍體。或許會有人認爲這可能是嘩眾取寵的小說，起了戒心。不過只要翻開書頁，就知道完全不是，甚至是完全相反。

小說或許就是描寫不安定、扭曲道德觀的存在。而能夠支撐起世界的文

1　《機械芭蕾》或是收錄在選集《NOVA2》中的〈五色之舟〉都是令我為作者豐富的想像力為之震撼的精彩作品。

章韌性實在精彩，令人欣羨不已。我想推薦給喜歡我作品的人，更想推薦給搖頭嘆息[2]說，「伊坂幸太郎的書眞無聊，難道沒有更厲害的小說嗎？」的人。

《陰莖》津原泰水 雙葉文庫

〈就是這一本1〉《SPA！》二〇〇六年三月二十一號

2 之前有一位名人寫說「居然會炒作伊坂幸太郎的作品，現代小說真的不行了。」但我真心認為「明明還有這麼多出色的作家，只讀我的書就想放棄現代文學也太快了吧！」

不管打海文三[1]的指摘是正確，還是錯誤，我都必須正襟危坐

光從書名或是簡單的大綱介紹來看，這本書怎麼看都是「和幽靈交流的故事」「少年和幽靈相遇又分開的故事」。我不禁有點雞婆地擔心「真的會喜歡這本小說的人」根本不會拿起來看。和其他的打海文三作品一樣，這也是「某個人被捲入困難至極的狀況，努力要生存下來」。我讀《愛與悔恨的嘉年華》以及《R之家》[2]時，總是難以置信這位作者的年紀居然比我大了兩輪。對話一針見血，充滿幽默感；而且殘酷。打海文三總是一眼看穿事物的本質。充滿惡意，毫不留情地說，「結果你最煩惱的，不就是這麼一回事嗎？」不管這番指摘是正確的，還是錯誤的，我都會不自覺地正襟危坐。

一般說來，闖入異世界的故事最後要不是「平安地回到原來的世界，可喜可賀」，不然就是「雖然不能回到原來的世界，但也習慣了這個世界」。

1　我是在評論家池上冬樹先生的介紹下開始讀打海先生的作品。後來也寫了收錄在本書的《我所愛的幽靈》的文庫版解說。

2　這本小說後來改名為《魯濱遜之家》，收入了中公文庫。

我本來也想應該是兩者之一吧，不過這本書的結局哪一種都不是。最後的場景令人不安，卻也充滿魅力，我再度爲這位作者的深不可測感到驚訝。

《我所愛的幽靈》打海文三 中央公論新社

〈就是這一本2〉《SPA！》二〇〇六年三月二十八號

看似天真，實爲充滿想像與邪惡的恐怖故事

我因爲讀了某人推薦這部作品的文章[1]，大感興趣，所以就帶著剛重新出版的這本書，和妻子出門旅行。去了大浴場，在休息室等妻子的時候[2]，我一直在讀這本書。連續好幾天都是如此。周遭都是當地居民，將座墊當成枕頭睡午覺，吃著自己帶來的飯糰。而我就在這種狀況下，沉迷在這本書裡，簡直就像去了別的小宇宙。

簡單粗暴地介紹內容的話，大概就是「少年寫少年的傳記[3]」。如果認爲（我這麼想了）是「充滿孩童獨有的念頭和可愛之處的傳記小說諧擬」那可會遭到迎頭痛擊。「也就是這樣——愛德文，你眞的存在嗎？」正如書寫者（寫傳記的少年）寫下的，這（其實）是滿溢想像與邪惡的恐怖故事。小說中描寫了愛德文（傳記主角）創作的動畫內容。讀到「以小說表現出來的動畫內容」的豐富描寫，我甚至感到暈眩，被作者徹底打垮了。而且，至今

1　我出道之前就一直在讀的部落格站長大力推薦這部作品。

2　妻子洗澡都會洗很久，等她的時候，我一直在讀。

3　雖然不是直接的契機，不過之所以用傳記方式寫作《某王者——KING》或許跟讀了這本書有關。

仍舊被打倒在地。

《少年作家之死》（The Life and Death of an American Writer 1943-1954 by Jeffrey Cartwright）史蒂芬・米爾豪瑟著（Steven Millhauser）

岸本佐知子譯　白水社

〈就是這一本3〉《SPA！》二〇〇六年四月四號

警察和國家，可以信任到什麼程度？對於這個案件的始末，我感到顫慄不已

不久前有人跟我說，「我對於你的小說主角都不會去找警察這件事情覺得很奇怪，該說是自作自受，還是沒有眞實感呢？」對方又說，「這個國家可是法治國家啊。」因爲我個性單純，所以只是覺得「原來如此，這樣啊。」就在這時候，我偶然讀到了這本書，令我渾身發寒。讀《桶川跟蹤狂殺人事件》或《國家的陷阱》時也是如此，我每次讀這類作品都會很害怕。煩惱著到底應該相信警察和國家到什麼地步。我很單純。

我已經透過新聞知道這個案件的梗概，但是讀這本書的過程中，我還是屢屢困惑於「眞的會發生這種事情嗎？」察覺到兒子危險的父母，去找了十幾次警察。可是這個兒子最後還是被想著「會痛的又不是我」的一群男人給殺死了。他死去的過程眞的很痛、很可怕。雙親明明都已經察覺到要出事

了，警察卻毫無作爲。而毫無作爲的理由也令人大受衝擊。我不認爲所有警察都是這樣，也不知道書裡描寫的眞實程度爲何，但是我眞的非常害怕。

《栃木凌遲殺人事件——警方的怠惰和企業的明哲保身造成殺意成真》[1]

黑木昭雄　新風舍文庫

〈就是這一本4〉《SPA！》二〇〇六年四月十一號

1 讀完這本書，我覺得警方也不是那麼完美無缺的。以前看色狼冤罪的新聞時，有人說「如果真的沒做的話，怎麼可能會招認？」不過我認為雖然是清白，卻被逼迫到必須承認自己犯罪的狀況確實是有的。

讀這部漫畫，會產生難以用喜怒哀樂來分類的奇怪感

現在才說這件事，實在慢了很多拍，不過我眞的覺得新井英樹很厲害。我剛開始讀《The World Is Mine》[1]的時候（先不管自己的事），心想「爲什麼沒有小說家這麼做呢？」雖然最後的結束方式有點可惜，不過我所追求的「文學」以漫畫形式出現，我仍舊非常感動。在那之後，我爲《SUGAR拳擊悍將》的速度感，以及差點就要變成意義不明的台詞感到驚異，而這部《叛逆之子》難以理解的程度更讓我愕然。

這部漫畫的大綱非常難以說明。連我自己也不知道到底什麼才是這部作品的大綱。說是雙親被隨機殺人魔殺害的少年輝一成長故事太過單純，若是形容成少年輝一如何震撼成人社會也很難懂。

但只要一讀我就會心跳加速，沉迷其中。興奮、憤怒、恐懼。無法以喜怒哀樂來分類的奇怪感紛紛湧現。至少我是如此。

1　這部漫畫出現的時候，我想像著是不是不管是純文學作家、或是娛樂小說家都恨得牙癢癢呢。如果新井先生出生在沒有漫畫這種表現形式的年代，應該會成為純文學作家吧。

這部作品如果暢銷的話，好像有點奇怪，不過我又覺得乾脆就讓國高中生教科書裡加入新井英樹的漫畫也不錯。

《叛逆之子》[2] 新井英樹 小學館

〈就是這一本5〉《SPA！》二〇〇六年四月十八號

2 截至二〇一〇年目前，這部作品已經有續集《叛逆之子VS》，描寫長大成人的輝一。這也是充滿魄力的精采作品。

想給那部作品搭配的「架空原聲帶」

聽說這是搖滾特集[1]，但我不知道搖滾的定義。我無法說明搖滾和龐克的差別。搖滾和流行樂的差異，就像純文學和娛樂小說的差異一樣，我同樣無法有條理地加以說明。因此，寫在這裡的，我都當它們是搖滾了。

開始了。

寫小說時會聽音樂嗎？基本上不聽[2]。我無法邊聽邊寫，不過也有例外。至今為止，我只有兩篇小說是一直聽著音樂寫完的。一篇是刊登在雜誌《ESOLA》的中篇〈魔王〉，另一篇是刊登在雜誌《ESOLA》的短篇〈GEAR〉，兩篇都刊在同一本雜誌。眞是偶然，不，或許不是偶然，不過我也無法說明。

再來——

我在寫〈魔王〉的時候，一直聽Sambomaster的第一張專輯。我不知道

1　因為是搖滾特集，所以我刻意用搖滾風的文體來寫。不過雖然是寫了，但我還是喜歡正統的文體，不太喜歡這一種的（笑）

2　不管是寫小說或是讀小說我都不聽音樂。就像這篇文章所寫，〈魔王〉和〈GEAR〉是少數例外邊聽邊寫的。

爲什麼，不過或許是我在寫這個故事期間的急迫感，與那個樂團散發出來的迫切感有種奇妙共鳴。宛如要往前踉蹌一倒，我拚命地寫。寫〈GEAR〉時，我一直聽鼓擊樂團（The Strokes）和MO'SOME TONEBENDER的新專輯。同樣不知道爲什麼。不過如今回想起來，寫這個故事時，我一直有股「可以寫這麼亂七八糟的故事嗎？」的不安，他們「佯裝成正統搖滾，但其實很前衛。雖然很前衛，但還是主流的搖滾」的曲子或許推了我一把。最後寫完的故事，仍舊亂七八糟得不得了。

雖然說寫小說時不聽音樂，不過我經常會幫寫完的小說配上音樂3。和電影主題曲或是原聲帶有點不一樣。電影和小說是完全不同的表現形式，所以小說應該不需要原聲帶。我考慮的始終是和小說內容有所呼應的音樂。

三月出版的《末日愚者》。若是不仔細思考的話，或許會是THEE MICHELLE GUN ELEPHANT的〈世界末日〉，不過這樣有點無趣。

所以——

我靈光一閃，想到了Analogfish的〈世界是虛幻〉。

3　像是《Bye Bye Blackbird——再見，黑鳥》的最後，我搭配了獨角獸的〈最後一天〉，《重力小丑》最後很適合鼓擊樂團的〈Modern Age〉，光是想像這些就很有趣。

這首歌基本上算是情歌吧，不過對我而言，無所謂。在副歌的部分，高聲唱著「世界是虛幻」。我不知道這是不是在講反話，但是愈說是「虛幻」就愈讓人覺得「才不是虛幻」。想伸出手。想抓住天空。或是想握緊拳頭。想要握住。想要緊緊抓住即將變成虛幻的世界。我的這部小說裡，隕石將會落在地球上，但是世界並不是虛幻的。

同樣是Analogfish的〈黃昏〉也很適合。反覆著「是黃昏」的歌詞，持續到有點厭煩。我聽非常多次，後來簡直是上癮了。最後「汽車／電車／超市／公寓／郵筒／少年／湯匙／叉子／胡蘿蔔塔」都染成橘色。這個景色和我在小說中描寫紅蜻蜓飛翔的光景重合。夕陽很美麗，這也不壞。

還有，同個樂團的〈黑夜騎士2〉也很適合。騎車奔馳在夜路上。不知道該說是孤獨，還是優雅的光景。在深夜的路上響起「夜晚的城市死去了」「爲了活下去加快速度吧」「世界還沒有結束」這首歌在我面前展開。就算隕石落下，就算孤身一人，但世界還沒有結束，我這麼覺得。

〈新世紀的搖滾樂〉《小說昴》二〇〇六年六月號

《鎌倉物語》描寫的異界日常

已經二十年了，發現這件事情時，我大感訝異。因爲中學同學[1]的推薦，我第一次買了西岸良平先生的漫畫，距今已經二十年了。我第一次讀的是《蜃氣郎》還是《魔術師》，抑或是《地球的最後一天》呢？總之不管是哪一部作品，我都爲那個世界著迷不已。畫風雖然溫暖可愛，描繪出來的很多世界卻很詭異，令人讀後心情不佳。這到底是怎麼回事呢，我大受震撼。之後，我開始收集西岸先生的作品，然後，就這麼過了二十年的樣子。我想我應該算是收集齊全了（我不確定《蒲公英之詩》是不是收齊了）。

要說個人感想的話，我認爲西岸良平的作品並不適合「懷舊」這個說法（對不起，其實沒有人這麼說）。雖然描繪了過往令人懷念的光景，然而在那光景中的卻是奇妙又寫實，前所未有的故事，十分前衛。《夕陽之詩》雖然是比較樸素、正統的作品，然而《魔術師》、《喜帕恰斯之海》等等初期

1 我在中學時讀的有趣漫畫，大部分都是自己發現的。有人推薦我，然後一讀之下，發現真的很好看的例子非常稀少。我和那兩位同學不是特別親近，只是碰巧聽到他們在討論西岸先生的作品，因為是沒聽過的漫畫家，所以問他們在討論誰。然後買來一看，發現很合乎我的喜好，讓我很開心。西岸先生的漫畫，也是我家很難得會傳閱的作品。

作品顯然充滿實驗性。

我覺得《鎌倉物語》可謂順利融合兩者特色，安心感和實驗性和諧共存。

一色老師總是掛念著截稿日，戴著髮網，是個劍道高手，也很喜歡製作塑膠模型，然後有著稍微羞恥的過去。亞紀子常常被誤以爲是小孩，爲此大感不滿，悠哉地踏進了魔物的世界，而那裡是令人熟悉，安心的世界。

另一方面，發生的事情都十分驚人。掉了頭、被打破頭、變成白骨。兩者的落差非常新鮮。有善良的魔物，也有可怕的魔物，有時候會有驚人的詭計或是解謎場面，（有人乘著烏龜從海裡出現的段落實在太令人啞口無言，知道沒有留下任何足跡的犯人眞面目也令我愕然。）不管發生什麼怪事，出現什麼魔物，只要「因爲是鎌倉嘛。」一切就解決了。要是一般狀況，或許讀者會生氣，然而只有這部漫畫，讀者會想著「這樣啊，鎌倉果然不一樣呢。」接受一切。其實，我在幾年前才初次造訪鎌倉，當時已經是個大人的我，還是會忍不住想像著「這裡好像有魔物存在呢。」

寫到這裡忽然想到，即使經過二十年，西岸良平先生應該也是滿不在乎地畫著這部漫畫吧，我當然也會閱讀這部漫畫。而且，鐮倉有魔物。

《達文西》二〇〇六年七月號

我的青春文學，就是這一本《吶喊聲》[1] 大江健三郎

當我快要二十歲時，偶然拿起來看的文庫本開頭寫著「總之，到我目前二十年的生涯裡，沒發生過任何特別的事情，說起來這就是我的個性。」讀到這段話的瞬間，我感到一股不知該說是共鳴還是悲傷，難以言喻的情緒。是啊，我也一點都不特別呢。

所謂青春的記憶，或實際感受，我都沒有。應該是因爲我度過非常普通的青春期吧。不過我也沒有因此就感到沮喪，也沒有因此就自暴自棄。我想是我內心深處有著三島由紀夫那句「一定有爲我量身定做的人生在等待著我」的關係吧。

從未有過特殊經歷的小說主角，被捲進險惡又奇妙的生活當中，或許我是將他的生活當成自己的冒險，一路往下讀。

《野性時代》二〇〇六年九月號

1　一定有人覺得又是《吶喊聲》嗎？（笑）或許每次都講不同作品比較好，不過因為我不想說謊，所以還是寫令我感到衝擊的《吶喊聲》。我萬萬沒想到會出版這本雜文集，本來還覺得應該不會露出馬腳的（笑）

特別料理

因爲我從學生時代開始就自己煮飯[1]，經常有人誤會我很會做菜。這眞是天大的誤會。我沒有技術，沒有知識，也沒什麼擅長的菜色。學生時代的作菜方針只有「反正把蔬菜和肉切一切，放到鍋子裡煮，用鹽巴和胡椒調味就可以了吧。」或是「反正把蔬菜和肉切一切，用平底鍋炒一炒，用鹽巴和胡椒調味就可以了吧。」

有一次，我在市內的情報中心，用觸控式的「食譜」發現「優格的製作方式」。我認眞一看，卻發現在「請準備以下材料」的段落出現「優格機」[2]，這令我很失望。從名字推測就可以知道，如果有優格機，那當然可以做出優格啊。一旦這麼想，我就再也不相信食譜了。

但有一次，我突然很想吃焗烤料理。我忘記理由了，總之就是想到要來做焗烤料理；然而最大的問題是，我不知道作法。如果當時網路已經普及的

1 我自己住的時候，也會做愛吃的炸豬排或炸雞，大多時候都不成功，經常炸焦，但我還是會吃掉。沒錢買食材的時候，我會吃省錢料理必備的「白飯和奶油」來解決一餐。不過到目前為止，我吃過最簡單的配菜是音樂（笑）這根本算不上配菜呢。所以就是用大聲量播放喜歡的音樂，然後一邊聽一邊大口扒飯而已（笑）。

2 這時我和妻子還一邊抄下牛奶、砂糖量之類的食譜內容，結果看到畫面

話，就可以搜索了，但是沒辦法。

那麼，該怎麼辦呢？答案很單純，就是到超市買焗烤用的材料包，按照上面的作法來做。雖然很接近速食品，但我還是認眞地讀完作法，也好好地搖開起士粉。

你或許會認爲這到底哪裡特別了，特別的是接下來的事情。

烤箱聲響起，我興奮地看著烤箱，看起來眞的是焗烤料理呢，我不禁覺得感動，接著爲了將盤子拿到房間裡，我用手端起盤子。

是的，我空手端起盤子。

盒子上並沒有註明焗烤盤非常燙，燙到會死人喔（就算有，我也沒看見）。我的指尖感受到強烈的熱度，「這下糟糕了」接下來的瞬間，我腦中甚至閃過要保住手指還是焗烤料理的抉擇。

接著，我把雙手端著的盤子往廚房一摔。巨響響起，焗烤料理飛散，地板上都是白醬。我冷卻著指尖，獨自一人無言地站在原地，站了好久。不久，我把盤子裡剩下的份重新加熱，完全沒有品嚐，只是大口大口地呑進肚

出現「優格機」。有優格機當然就可以做優格啊，真的超失望。

3 雖然沒有燙傷，但是擦地板時，我真是絕望到極點啊。

子，趕緊忙著打掃地板[3]。這就是我印象最深刻的，特別料理。

〈回憶中的那道菜〉《小說昴》二〇〇六年十一月號

我的底牌

二〇〇七年一月，新潮社將會出版《Fish Story——龐克救地球》。

本書收錄了我出道後的第一篇短篇，到今年所寫的中篇，總共有四個故事。每一個我都很喜歡，希望大家也能一讀。

去年，我跟編輯談到希望能寫好萊塢電影那種典型的娛樂小說，現在以暫訂〈Golden Slumbers〉[1]的篇名執筆中。我的目標是徹底的娛樂小說，不過現在還不知道最後會是怎麼樣的作品。

最後，或許在今年春天會在週刊[2]上開始新連載。如果實現的話，就是來自全新領域的挑戰，我會努力。

《這本推理小說了不起！》二〇〇七年版

1 報紙連載的《OH！FATHER》結束後，這是我出道以來第一次整整一個月都沒有工作，只是讀小說以及看很多電影。那真是非常短暫的時光。之後開始寫《Golden Slumbers：宅配男與披頭四搖籃曲》。

2 這是在《週刊Morning》上連載的《摩登時代》。我以事先寫好兩個月原稿份量的方式進行連載。

2007年

豬[1]作家

和我交情很好的記者問我，「你可以寫以生肖爲題材的雜文嗎？」

我立刻回答他可以。豬是我的生肖。我心想豬年是我的本命年，可以寫的題材要多少有多少吧。然而，坐下來面對原稿時，什麼都寫不出來。總不能只寫「我是年男」（譯註一）四個字就結束。

我去了動物園[2]。和家人一起看到眞實的豬的話，應該會發生有趣的事情吧，我的想法就是這麼單純。說不定會看像小熊貓[3]那樣站起來的豬呢，這樣就可以寫進文章裡了。

然而，豬都在睡覺。柵欄裡的兩頭日本野豬（譯註二）横倒在地，呼呼大睡。雖然牠們的體型比我想像的巨大，充滿魄力，但就是這樣。「都在睡覺」還是只有四個字。我無奈之餘，只好和妻子一起站在柵欄前，站了好一陣子，觀察會不會發生什麼事情，還拍照來打發時間。結果其他遊客似乎

1　我這時已經開始覺得為了尋找「生肖雜文」的題材，一年又過去了（笑）寫完的話，就開始煩惱明年該怎麼辦。

2　我抱著去了動物園應該會有什麼事情的期待前往，結果什麼都沒發生，大受打擊。

3　當時這個新聞蔚為話題。不過後來我知道小熊貓站起來並不是什麼稀奇的事情，反而感覺把這件事情當成大新聞更是不可思議。

以為「那裡好像有什麼珍奇的動物」接二連三地走到我們所在的柵欄前。他們內心充滿期待，結果往柵欄前一站，見到睡著的野豬便說，「原來是野豬……」露出失望的神情離開了。完全沒人注意到是生肖。不管是什麼原因，總之背叛了人們的期待，總是令人感到難受，坐立難安。

沮喪的我離開了動物園，在回家的路上經過一間貼著「本店販賣野豬肉」的小肉舖[4]，立刻振奮起來。說不定在這裡買野豬肉的話，會發生什麼有趣的事情——不，怎麼可能？

我走進店裡，詢問老闆有沒有野豬肉，老闆回答，「有啊，是要煮火鍋，還是燒肉呢？」原來有這種分類啊，我大感佩服，反問老闆，「哪種比較好呢？」老闆微笑地說，「現在的話，應該是吃火鍋吧。」眞是非常親切的人。「那麼請給我火鍋用的。」我這麼說完，買下老闆遞給我的肉，愼重地帶回家。

譯註一：指當年是本命年的男人。
譯註二：日本生肖的豬是野豬。

4 到最後，我想「只剩豬肉可以寫了，走進這裡應該會發生什麼事情」地走進去，然後就發生這件事。抱著總算趕上截稿日的心情寫完了。

到了傍晚，妻子開始準備火鍋材料，她把肉拿出來一看，大笑出聲。我狐疑地靠近一看，發現肉的包裝上貼著一張貼紙。

「火鍋&燒肉用」上頭這麼寫。

我一瞬間對於自己和老闆的那段對話，感到啞口無言。豬真的是很深奧呢，我這麼想，不過也只有這樣。

晚上，我後悔著不該隨便接下雜文的邀稿，原來和豬有關的話題這麼少。我抱著抓住最後一根稻草的心情翻開了《大辭林》，看見了「豬武者」這個字眼，「思慮不周，不加思索往前衝的武士，以及那樣的人。」我不禁喃喃自語，「這個豬作家。」

中日新聞（晚報）二〇〇七年一月六日

就用電影來過年吧

《美國心玫瑰情》（99年　美　山姆．曼德斯[1]）

整部電影非常細膩，我覺得好像在看一個寓言。我喜歡的索拉．伯奇（Thora Birch）也參與了演出。克里斯．庫柏（Christopher Cooper）也充滿「哀傷的帥氣」。大過年的，看這種家庭崩壞的故事好像有點觸霉頭，但我覺得這部電影幸福洋溢，看完之後有種解放感。至少，我是這麼想的。

《非法正義》（02年　美　山姆．曼德斯）

我感覺彷彿是在看一個充滿緊張感的寓言。湯姆．漢克斯很棒，不過我對裘德．洛飾演的殺手感到十分不快，卻也令人難以移開視線。對於過年氣氛來說，這是很不安寧的故事，不過我看了之後，覺得帥氣的娛樂電影大概就是指這樣的電影。總之，我是這麼想的。

1　寫這篇文章時，我想說最好能有什麼主線比較好，所以統一了導演的選擇。山姆．曼德斯當時只拍了三部電影，但不論哪一部都是傑作。類型或領域雖然不同，但都是傑作這點實在很厲害呢。曼德斯在這之後拍攝的《真愛旅程》，雖然也是好電影。可是夫妻吵架的場景實在太寫實了，簡直就像是在看我家的夫妻吵架一樣，看得我胃都痛了。而且他的妻子是凱特．溫絲蕾，我想山姆．曼德斯也是那樣吵架的吧（笑）

《鍋蓋頭》（05年　美　山姆．曼德斯）

以戰爭爲題材的電影，也能夠是一個寓言。新年期間或許沒必要看戰爭電影，不過反正我看了三部山姆．曼德斯的電影，再次佩服他眞是深不可測。反正，我是這麼想的。

《週刊文春》二〇〇七年一月四日．十一日合併號

同時唱出日常生活和廣闊世界的稀有樂團

吉他手和貝斯手各自作曲、唱歌。有可愛的流行曲調，也有讓人聽著聽著哼唱的同時會想跳起來的歌曲。他們擁有扎實的演奏能力以及前衛元素，容易入耳之外，還充滿深度，而且聽不膩。

這麼一寫，似乎是在說那個以獨角仙爲名的知名搖滾樂團，不過Analogfish[1]也是擁有相同特徵的樂團。雖然把昆蟲和魚類拿來比較有點奇怪，不過牠們確實給人某些類似的印象。一邊會飛，一邊會游泳。就算有這樣的差別，但確實相似。

Analogfish的曲子會創造出不可思議的小宇宙。「根本沒有／重要的事物」「我們到底想要什麼？」「那陣風／吹著我們／卻無法動彈」等等。看歌詞就知道，完全無法判斷究竟是樂觀、是悲觀，是鼓勵、是嘆息，還是煽動？但也不是似乎有著某種哲思，難以理解的內容，而是讓身爲聽眾的我們

1　我為了買別的CD去唱片行的時候，在架上發現了他們第一張同名專輯〈Analogfish〉。雖然是第一次看到的名字，不過我覺得是個很帥氣的樂團名稱。歌名也很棒，因為無法試聽，所以我就賭一把地買下了它。但是乍聽之下，並不是很容易入耳的曲子，一開始覺得可能買錯了。只是後來聽著聽著，就覺得那種落差令人覺得很舒服，怎麼聽都聽不膩。喔，這真是太棒了，我這麼想，從那以來，我就一直是他們的歌迷。在

的身體和內心都感受著令人愉悅的震動。

每首歌都經常出現「街道」、「城市」之類的詞彙，另一方面也常有「世界」、「world」的字眼登場。或許正因爲如此，每次只要聽他們的歌，我就能感受到在長滿蜘蛛網的公寓或是自己居住的街道彼端，確實有著「世界」。「是的是的/這個地面的前方確實和世界連接著。」

不管是描寫日常生活的愛情或是哀傷的音樂人，或是能夠創作出神祕、魅惑世界觀的樂團，我認爲都是必要的。可是能同時描繪「現實生活」和「廣闊世界」雙方各自有百無聊賴和滑稽滋味的搖滾樂團，其實很少見。因此，Analogfish非常珍貴。

這次的新專輯保有他們至今爲止的魅力，同時也進化了。他們雖然有「和其他人毫不相似」這種在任何類型都適用的強力武器，但是Analogfish沒有變得太過自以爲是，仍舊擁有流行感地發揮這一點。剩下的，就只有祈禱他們不會像是那個獨角仙樂團一樣，解散或是遭到槍擊了。

總之，過去碰到挫折，或是現在即將有挫折的大叔（就是我）現在立刻

我還是中學生的時候，有次大概煩惱了半年，賭了一把買下了一張專輯，結果失敗了（笑）我也記得曾經賭一把地買了GASTUNK的專輯。對於中學生而言，三千圓可是一筆鉅款，真的很讓人緊張呢（笑）

來邊聽邊唱這張新專輯的〈Mantero〉，握緊拳頭，振奮精神。

《ROCK IS HARMONY》Analogfish CD評論
《invitation》二〇〇七年一月號

人氣作家63人大問卷！

「二〇〇六年裡印象最深刻的書」

《敏行快跑》花澤健吾[1]

不管怎麼想，我都覺得這部作品就是「二十一世紀版的《從宮本到你》」，包含這一點，整體非常精彩。是我去年最熱中的書。

《夏娃之夜》小川勝己

我引頸期盼小川先生的新作。

「二〇〇六年裡印象最深刻的事情」

電腦壞了兩次[2]，這可不是開玩笑的。

不知道爲什麼，我忽然很害怕看新聞。對於最近的社會情勢愈來愈不了解，眞糟糕。

1　作夢也沒想到我會因為《摩登時代》和花澤先生一起工作。

2　《OH！FATHER》的一個月份的連載原稿消失了。我甚至將硬碟送到海外，才好不容易救回來，花了我好大一筆錢。然而也只是讀過的原稿回來而已，並沒有因此變得更有趣，真是有點空虛。

「二〇〇七年的預定」

目前看起來很多預定。總之，《家鴨與野鴨的投幣式置物櫃》的電影大概初夏左右會在東京上映。我完全無視這是以我的書爲原作，是一部十分出色的電影。我也看了很多次，完全看不膩。若是有機會，請觀賞。

《活字俱樂部》二〇〇七年冬季號

《一片泥濘》[1] 佐藤哲也　解說

為什麼讀佐藤哲也的小說可以這麼快樂呢？洋溢著小說獨有的喜悅，而且完全不會將任何意圖強加在讀者身上。

如果問我什麼是小說獨有的喜悅，我無法回答，但是我個人相信影像化後無法被呈現出來的那些部分，應該就是小說的樂趣。比如說這本短篇集《一片泥濘》收錄的標題作〈一片泥濘〉，一翻開就是——

這是關於奇蹟的故事。

原來如此，是關於奇蹟的故事啊。眞是厲害，我這麼想著繼續往下讀，接著是大海波濤洶湧，大地一片泥濘的敘述。僅僅四行就變成這樣，既然如此，那麼發生奇蹟也不奇怪了。世界變得泥濘不已了啊，那眞是太糟糕了，

1　因為已經在解說裡都說完了，這裡就不再多說什麼了。真要說的話，我基本上拒絕所有文庫解說的邀稿。不過有幾本書會讓我覺得很想寫它們的文庫解說。首先是打海文三先生的《愛與悔恨的嘉年華》、《我所愛的幽靈》，很幸運的是，我也寫了後者的解說，也收錄在這本雜文集裡。接著是任何一本佐藤哲也先生的作品，而《一片泥濘》就是其中一本。雖然我沒有大肆宣揚自己想寫，但是接到邀稿時，我真心覺得很開

當我事不關己地這麼想的時候——

對了，關於那天晚上的事情。

這麼一句話飛進我的眼裡，嚇我一跳。就像是被指出自己正是當事人的心情。陷入某種突然被拉進小說世界裡的錯覺，讓我毛骨悚然。不過作者絕對沒要做什麼難以理解的事情，卻帶給讀者影像絕對辦不到的刺激感。

至少，我是這麼感覺的。

接著那句話之後的幾行出現這樣的句子——

妻子叫醒我，向我保證她立刻就能回來，然後急著換好衣服。

不是「立刻就能回來」，也不是「約好立刻就能回來」，而是「向我保證立刻就能回來」，光是這樣就讓我覺得從某處滲出一點滑稽感，這部分如

心。另外就是某個海外系列作品的解說，我總是在心裡偷偷地想。

果也拍成影像的話，那般感受絕對就會消失了。

佐藤哲也在詞句揀選上實在巧妙。他避免艱澀的詞句，而是選擇簡單有力的語言，淡然地寫成文章。不會使用自以爲是，令人感到羞恥的實驗性文體；沒有做任何搞怪的事情，卻能製造出幽默感。我在了解劇情之前，光是閱讀文章就感到非常快樂。

這麼寫，或許會讓人誤會劇情本身並不有趣，完全相反，佐藤哲也的故事充滿令人驚訝的不可思議感。

這部短篇集裡收錄的作品。有世界變得一片泥濘，妻子成了救世主的故事，有妻子變成蜥蜴的故事，有腳上有吸盤的河馬故事，也有巨人登場的故事。這個巨人沒有大肆活躍，也沒有破壞城市，只是撐著臉頰眺望著海面。像是這樣的故事要去哪裡找呢？

這些不可思議的故事，並不是表面上顯得奇特而已，而是像這些情節正發生在自己所處的現實社會，帶著一種親近感地述說出來。雖然我並不清楚，但在講述一個輕飄飄故事的同時，仔細地描寫舞台和背景，便能夠慢慢地將讀者拉進那個故事裡吧。

此外，佐藤哲也的小說，有時會稱為「奇幻小說」，有時則歸到「科幻小說」，就算有人說是恐怖小說，我也不會驚訝。我不知道《一片泥濘》的書腰上會怎麼分類這本小說，然而我認為優秀的小說，必定要描寫從未有人見過的世界，因此佐藤哲也的小說，不用多說，絕對是上好的小說。

這麼說來，美術評論家坂崎乙郎先生在《繪畫是什麼》[2]提到：

「畫家或小說家就是在現實世界的外側，或在對岸創造出小宇宙的人，而這個小宇宙擁有能感化人的能力。我堅信有這些才能的便是畫家，或是小說家。」

我（先不管自己的事）每次讀到這段話，就會很深刻地感受到小說家就是驅使自己的想像力，創造出小宇宙的人呢，眞希望就是這樣。更重要的是，那並非獨善其身的小宇宙，而能和身處外側的人們共享。

我再度想起佐藤哲也的作品。

2　《繪畫是什麼》在我的第一篇雜文（〈投稿指南〉）裡也出現過，我真的受到這本書很大影響。雖然在漢字變換的時候不小心打成了《生肖是什麼》，嚇我一大跳。（譯註：《繪畫是什麼》的日文書名前兩字和「生肖」的日文發音相同。）

佐藤哲也製造出的小宇宙，雖然是至今從未見過的光景，卻帶著親切感，和其他作品那種掃興的誇張無緣（如果碰到似曾相識的故事，大概都是以參照先行作品爲前提，才能讓作品感覺有趣。）

不管是可怕的螽斯登場，或是自己的性器官脫落，故事都是在一個完整的小宇宙裡結束，但都像是發生在隔壁小鎮裡。

這麼說來，這本短篇集裡經常出現「妻子」。不過我猜想這並非是作者以妻子爲主題寫小說，而是爲了不讓奇妙故事太過喪失現實感，增添現實感、生活感的一個手法[3]吧。

對了，我認爲這本短篇集不應該一口氣讀完比較好，雖然有點雞婆，但我眞的這麼想。這本短篇集當然不無聊，也不難懂，絕對沒有任何不能一夜讀完的原因。然而，我認爲細細品嘗一個細膩構築的小宇宙，是非常強烈的體驗，很難立刻湧起閱讀下一篇的衝動。雖然物理上是很短的故事，但是內裡卻等同於一部長篇小說。我認爲慢慢地、一天一點點地品嚐每一個小宇

3　關於寫小說時用的各種手法，我在訪問佐藤先生時聽到了很多他獨特的手法，非常感動。

宙，才是閱讀這本短篇集的正確方法。

如果有人在讀完這本短篇集後，認爲小說眞是不可思議、恐怖，又可愛，以及雖然有點愚蠢卻又很有深度的話，我會非常高興。因爲佐藤哲也就是教會我這些事情的作家。

《一片泥濘》佐藤哲也 文春文庫 二〇〇七年八月

選哪一本呢？興奮地準備帶書出門[1]

《一瞬之夏》上．下　澤木耕太郎　新潮文庫

《少年作家之死》史蒂芬．米爾豪瑟　岸本佐知子譯　白水社

《MISSING》本多孝好　雙葉文庫

我本來就不是喜歡出門，對於旅行總是提不起勁的個性，不過對於「旅行時帶哪本書出門」這件事，多少還是有些興奮。帶那本吧，帶這本吧，總是非常煩惱。但是，一旦出了門，大概都不會拿出來讀，甚至還經常一頁都沒翻開，旅行就結束了。

仔細想想，讀書這回事，本來就像是精神出門旅行一樣。明明都已經出

1　因為我很不喜歡環境的變化，所以也曾經想過一直待在網咖就好了（笑）這是為了「想要帶著去旅行的三本書」的企畫所寫的文章。這個企畫本身就很不適合我這個不愛出門的人（笑）不過換個角度想，這三本精彩的程度就連我這種性格的人都能享受。

門旅行了，如果還加上讀書的旅行，或許就需要花上兩倍的力氣來度過雙重旅行。而且，我認爲與其讀書，享受旅途的景象才是對的。

不過雖然這麼說，我在這裡所選的三本書，都是可以在旅途中著迷讀完的作品。因爲每一本都非常精彩，陪我在旅行地點悠哉度過假期，是充滿回憶的三本書。

我是在峇里島的海邊躺著讀完《一瞬之夏》。澤木先生爲了順利舉辦拳擊比賽四處奔走的熱情，令我看著看著也興奮起來。結果因爲太興奮，不小心讓文庫本[2]掉到水裡了。

《少年作家之死》是去盛岡的共同溫泉時，在休息區讀完的。這是一本十一歲（！）就去世的少年傳記作品。我完全被拉進裡頭扭曲怪異的故事裡，故事後半段的發展令我毛骨悚然，不過看到周遭來泡溫泉的老先生、老太太放鬆休息的姿態，令我鬆了口氣。

《MISSING》我是在前往紐西蘭[3]的機場裡讀的，心想既然和我同世代的人裡，有這麼會寫小說的人，那麼我得更努力才行。我記得很清楚，我當

2　這本書後來變得皺皺的，不過現在還在我家。因為這是妻子的書，所以我當時非常緊張，不過或許是峇里島的力量吧，妻子倒是意外乾脆地放我一馬。

時還在心裡祈禱飛機不會掉下來。

《週刊朝日》二〇〇七年八月二十四日

3　這是用推理小說俱樂部大獎副獎去旅行時的事情。當時《MISSING》剛出版文庫本，我在成田機場開始讀，覺得非常感動。

帥氣的小說

我要先招認，作爲打海文三先生[1]的讀者，我應該算是粉絲。契機是我出道之後，評論家池上冬樹先生介紹我讀的《R之家》。

我一讀就非常驚訝。書裡有這種台詞。

「世界被看透了，至少要承認這點吧。不過這裡完全沒有出口。」

當我還在驚訝時，接著是這樣的對話。

「你爲什麼知道這種事？」

「我講的話全都是抄襲來的。」

還有——

「你喜歡動物嗎？」

「家畜。我不喜歡也不討厭。只是思考著經濟效率並養大牠們，接著偷走牠們的乳汁，把牠們殺來吃。」

1　打海先生一直在寫部落格，我也一直在讀。距離前一次閱讀已經是三天後的某天，我心想差不多該更新了吧，結果上部落格一看，發現居然寫著「部落格主打海文三已經去世」我甚至以為是有人在開玩笑。因為三天前還是非常一般的文章，這實在太奇怪，我不禁懷疑是不是什麼整人遊戲，完全搞不清楚狀況。我忘記是誰打電話，還是發了郵件給我，才知道打海先生確實去世了，漸漸理解狀況，遭到了巨大的打擊。

這類的對話。有些人可能會覺得這太過裝模作樣而覺得厭惡，但是我非常喜歡。或許是因爲我覺得這些部分雖然譏諷，卻不過頭吧。如果是其他作家（比如我）寫了同樣的內容，大概會顯得畏畏縮縮，不過打海先生卻不會這樣，到底爲什麼呢？

我到現在還不知道箇中緣由，不過在這之後，我每次讀打海先生的其他作品，只要出現這樣的台詞，我就會覺得打海先生在書頁的後面炯炯有神地盯著我說，「讓我看看你讀了這本書會怎麼反應，怎麼想吧？」如果覺得「這對話眞是裝模作樣。」那麼就會感覺打海先生冷靜地分析著，「是嗎，原來你認爲這些台詞是裝模作樣嗎？」可以深刻地感受到這些台詞並非表面的情緒，或是靈機一動寫出來，而是從打海先生自身的思想產生出來。

我和某位編輯見面時，曾經告訴對方，「那麼帥氣的小說，居然是大我一輪的人寫出來的，眞是覺得被打敗了。」

當然，我並非不希望年紀大的人寫出帥氣的小說，我也知道很多上了年紀的作家寫出來的帥氣小說。不過打海作品對話給我的感覺，以及展開劇情的手法實在太符合我的喜好了，讓我有些困惑。不過若是要挑剔的話，我對於打海作品裡「所有的劇情都可以套用到性的慾望」的氣氛感到有點不對勁；但即使如此，還是有非常多地方符合我的喜好。

那位編輯訝異地回答我，「他不只大你一輪，他大你兩輪喔。」我更驚訝了。之後，我確認了打海先生的資料，確實是大我二十多歲。

咦，是嗎？我大感愕然。

我只見過打海先生兩次。一次是他去山形，回程中繞來仙台，我們一起吃午飯。他非常穩重有趣。不過我在讀他作品時，總會覺得「萬一不小心講錯話，可能會被他看不起吧。」那次一見，我從他身上也感受到同樣氣氛。作品的印象，和作者本人給人的印象沒有落差這點，讓我很開心。

講到作品（我要老實招認，我並沒有全部讀完）我最喜歡《愛與悔恨的嘉年華》和《我所愛的幽靈》。這不是「打海先生的作品中」的程度，而是「我至今讀過的所有小說中」的意思。不管哪一本，我都會覺得「最懂這本書厲害和有趣之處的人，就是我了吧。」極端一點，我甚至認爲「這部作品的魅力，我比身爲作者的打海先生都還更理解喔。」雖然很厚臉皮、很滑稽，但我確實這麼想，實在是無可奈何。

和打海先生本人見面時，他曾以開玩笑的口吻說自己的作品都賣不好。但我並不認爲這是嚴重的問題。因爲暢銷書不見得都是好書（不如說，更多時候是相反的情況）但我認爲有很多讀者在等待著這種帥氣的小說，我不知道是不是眞的賣不好，但是如果眞的賣不好，那也只是因爲尙未讓該看見的人看見吧。希望早點讓他們相見。

打海先生去世了（我至今還不敢相信[2]）但我的想法仍舊沒變。

我祈禱打海先生的帥氣小說能夠早日抵達該讀的人手上。

〈追悼　打海文三〉《問題小說》二〇〇七年十二月號

2　實際見到打海先生本人，果然一如我所想像，是位非常幽默帥氣的出色紳士。我到現在還是對打海先生去世一事沒有實感。或許是因為我們只見過兩次，我覺得他現在還活著，盡可能地不去想他已經去世了。

我的底牌

我很喜歡搖滾樂團。其中又以齋藤和義和The Peace[1]最特別。二〇〇七年，我與那位齋藤和義先生一起工作，寫了一本小說，對我個人而言，是非常幸福的一件事。然後更早之前的一個和The Peace相關的工作企畫，也將在二〇〇八年實現。這是以The Peace的名曲〈實驗4號〉為發想，由同樣也是我非常喜歡、出色的電影導演山下敦弘先生拍攝短片，而我撰寫短篇小說。我的夢想接二連三地實現了，眞是令我驚訝。預計在二〇〇八年上半年發售。

接著是我將在德間書店的宣傳雜誌《書之友》上開始新連載。以《某王者——A KING》為名，描寫某個棒球選手的人生。若是有興趣的話，請在書店買來一讀。

〈這本推理小說了不起！〉二〇〇八年版

1　關於The Peace，一開始是我的妻子是歌迷。我因為他們的歌名聽起來很像下流哏，所以不想聽（笑）不過聽了之後，就發現他們真是太棒了。這個《實驗4號》的企畫，因為定價頗高，所以很難輕易說出「請務必買來看看」，不過山下導演的作品精采，自然不在話下，而我個人也很喜歡這次的短篇作，很希望大家都能看到我們的成果。

青春的居處 1

☆日版原圖（中文對照請見下一頁）

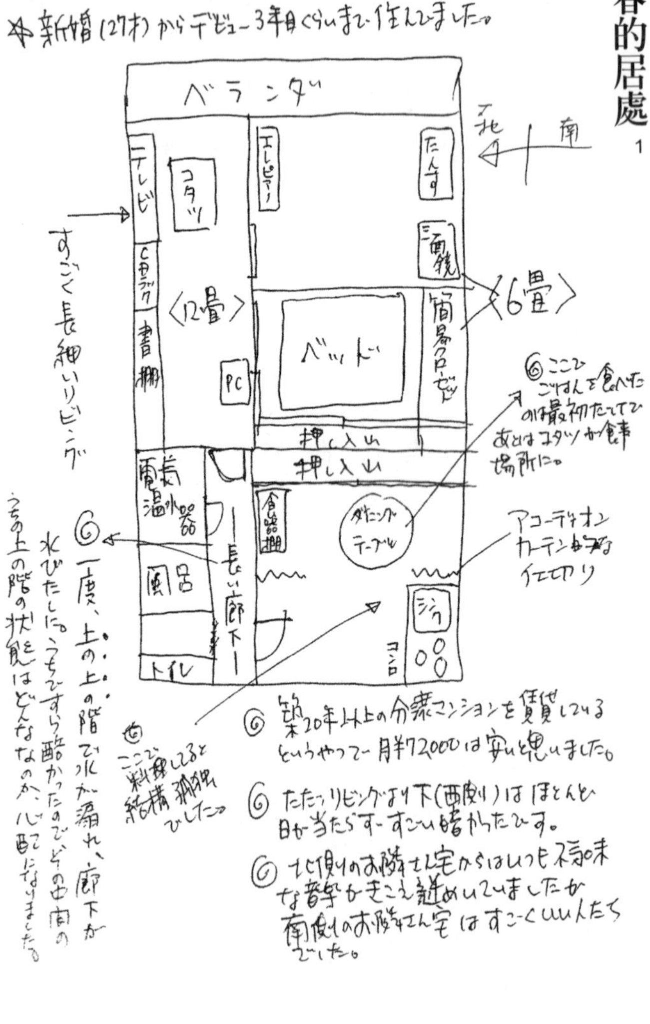

☆中文對照

☆新婚（27歲）住到出道第三年左右。

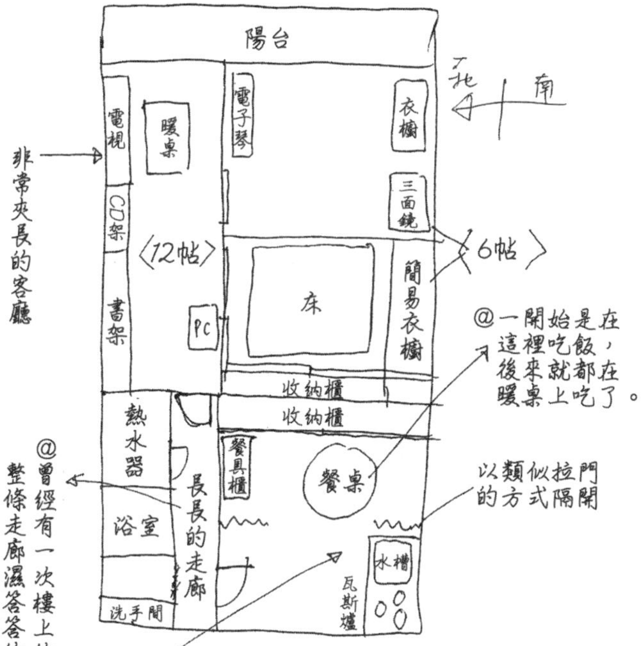

@曾經有一次樓上的樓上住戶漏水。整條走廊濕答答的。連我們都這麼慘了，夾在中間的房間到底變成怎樣了，令我很擔心。

@在這裡煮菜感覺非常寂寞。

@這是屋齡二十年以上的出租公寓，房租一個月七萬兩千圓，我覺得很便宜。

@不過客廳以下（西側）幾乎晒不到太陽，始終很陰暗。

@北邊的鄰居總是播放著很詭異的音樂，充滿謎團；但是南邊的鄰居都很親切。

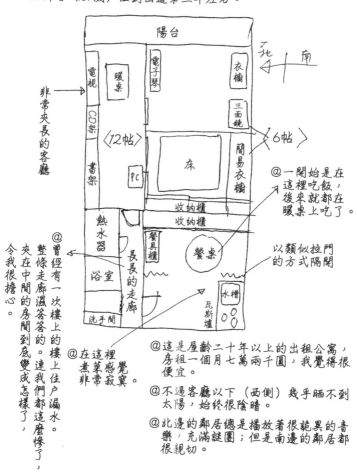

1　「請告訴我們您度過青春時代的房間是什麼樣子」因為接到了這樣的委託，所以我挖掘自己的記憶，畫出了這張平面圖。平面圖和那些文字都是我親手畫和寫的。現在這麼一看，發現我沒有畫到玄關（笑）位置是在那條長長走廊的邊緣。

這間租屋是窄窄的長方形，然後很寬敞。同時房租也算便宜，幫了我大忙。我聽了很多奇怪的音樂（笑）像是環境音樂的合成器聲音之類的。北邊的租戶一直都有很多人進進出出，我到現在還是不知道那個鄰居是做什麼的。

那次漏水真的嚇壞我了。上面兩層樓的某個鄰居，開著洗衣機就出門去，水透過天花板漏了下來。牆壁愈來愈濕，我還以為是發生了什麼靈異現象，好恐怖（笑）

我們上面的住戶不在家。我沒有特別去問，一直不知道狀況到底有多誇張，不過一定比我們家更嚴重。

實際上，我自己住的時候，也發生過漏水事件。我當時的房間位在一樓，當時我在閣樓鋪床睡覺時，天花板的日光燈忽然砰地掉了下來。接著水嘩啦啦地流下來，浸濕了我的棉被。可能水流經過的路線只有那個日光燈吧。我還以為這是整人遊戲，心想這樣下去不行，所以不管當時是半夜三點，還是去敲了二樓鄰居的門。不能不去吧，根本沒辦法睡啊（笑）住我上面房間的鄰居是年輕女孩，我明知可能會被當成怪人，卻還是敲了她的門。

對方也顯然當我是「可疑人物」，不過當我輕聲問她「妳家是不是漏水了？」她這才注意到，「啊，對不起。」我當時拜託她把水關掉就好，然後救回去房間，努力睡著（笑）隔天，那個女孩滿臉歉意地來向我道歉。

2008年

想逃出來的老鼠[1]

你知道老鼠[2]的故事嗎？小時候父親經常這麼說。所謂老鼠的故事是「用老鼠做實驗的故事」。給兩隻老鼠進行電擊，一隻是突然電擊，一隻是在電擊之前先給予輕微的通電，然後再給予電擊。一段時間反覆下來，據說事前預告的老鼠的壽命會比較短。父親從這個故事得到的教訓是「如果太擔心接下來要發生的事情，會短命。」

當然，我不知道是不是眞有這種實驗，也不知道實驗內容正不正確。畢竟父親是個將事實加油添醋當成生存價值的人，不要相信比較好。總之父親一有機會就要跟我講這個故事。

至於爲什麼，是因爲我是個很容易擔心的人。如果學校有什麼發表會，我從一個月前開始就會開始覺得討厭、害怕，有時候看著營養午餐的菜單，一想這天的菜色裡有小黃瓜[3]，就會憂鬱起來。因此父親可憐起這種個性的

1　在過去一年，我想了又想，還是想不出要寫什麼，在截稿日前三天寫出的「生肖雜文」。「說不定可以找到老鼠雜文的題材喔」妻子這麼暗示我，於是我們還去了迪士尼樂園，雖然很開心，但是沒有發現任何可以拿文章的題材（笑）

2　這個「老鼠的故事」算是父親的十訓之一。不管怎麼想，我都覺得事先的輕微通電積存在體內，給老鼠帶來了傷害，所以事先預告的老鼠才會

兒子，跟我講起了「老鼠的故事」。

然而不管我聽了再多帶有教誨意義的故事，我的個性也沒有任何改變。到最後，我只要聽到父親說「你知道老鼠的故事嗎？」就覺得很厭煩，「對於即將發生的事情，煩惱個沒完」的個性還是一樣。

所以那又怎樣？我對於有期限的工作很不在行。「有期限」的事實會讓我陷入動搖，當我煩惱著萬一來不及怎麼辦的時候，時間過去了。因此，我有時候甚至想說「我一定會趕上截稿日的，請不要跟我提截稿日。」

寫到這裡，我將文章寄給邀稿的記者，對方立刻來了電話。「伊坂先生，作家怎麼可以寫這麼不爭氣的事情？你知道那個故事嗎？」

「老鼠的故事？」

「對，老鼠的故事。老鼠不是會事先察覺到船要沉沒，然後逃走嗎？作家也是如此，必須事先察覺到社會的危機，然後敲響警鐘啊。」

「這是作家逃得很快的故事嗎？」

「當然不是。」記者立刻反駁我，「作家必須要老鼠一樣察覺危險，而

短命。真相到底是什麼呢？

3 我到現在都還是討厭小黃瓜。甚至感覺連孩子都覺得「為什麼會討厭小黃瓜呢，明明就很好吃啊。」地小看我。我也沒辦法吃醃漬物，特別是黃蘿蔔。總之我就是討厭脆脆的口感，沒辦法吃。

且不可以棄船逃生，要堅持下來才行。」

我聽著對方的話，心裡想著眞不想修改原稿。然後我瞄電腦一眼，找到了藉口。

「對不起，我似乎沒辦法工作了。」

「爲什麼？」

「我的滑鼠[4]壞掉了，我想它應該是察覺到什麼了吧。」

中日新聞（晚報）二〇〇八年一月五日

4　明明就是滑鼠和老鼠這麼精采的雙關語，那位記者卻完全沒有反應。

人氣作家63人大問卷！

「二〇〇七年印象最深刻的書」

《彌諾陶洛斯》佐藤亞紀

可以在同時代讀到品質如此之高，如此帥氣的小說，我太幸運了。

《殺人排行榜》勞倫斯・卜洛克

完全符合我的喜好，超級喜歡的一個系列。根據譯者後記，接下來即將在美國發售這個系列的最新作[1]（從大綱來看）和我去年出版的《Golden Slumbers：宅配男與披頭四搖籃曲》非常類似，我實在又驚又喜。

「二〇〇七年印象最深刻的事」

我至今都還不敢相信打海文三先生去世了。

1　這本新作的譯本至今尚未發售，實在是讓人等不及了。（在這之後終於出版了，我也寫了文庫解說，收錄在本書269頁。）

「二〇〇八年的預定」

和電影導演山下敦弘先生一起合作以搖滾樂團The Peace的歌曲為發想的作品。我的短篇和山下導演的DVD會組套，由講談社發售。

《活字俱樂部》二〇〇八年冬季號

打造我的五位作家與十本書

若要我試著舉出十幾歲時喜歡的作家，我不會提比較小眾的作家，而是舉出誰都知道的作家。當我還是國中生、高中生時，會毫無雜念地找來讀的作家們作品，一定對我現在的小說有著巨大影響，極端一點來說，絕對是構成我（的小說）的重要成分。

第一位是赤川次郎。我記得國中時，周遭的人都在讀赤川次郎的作品。去朋友[1]家玩的時候，根本不看書的他房間裡居然放著《打發時間殺人遊戲》（光文社文庫）令我非常驚訝。我認真地覺得既然連他都讀，豈不是全世界的國中生都在讀了嗎？這本書的故事是「媽媽是小偷、長子是殺手、長女是詐欺犯、次子是律師、三子是警察」的家族，捲進某個案件。想到這種設定真的是作者的勝利。現在我在創作時也經常有「這麼特別的一群人，如果碰到這麼誇張的事情時，會變成怎樣呢？」的發想，原點就來自這本書。

1　對方是籃球隊的朋友。我擅自認為對方不看書，所以去他家一看，發現了赤川先生的書，讓我大為震撼。我今年和赤川先生一起擔任了推理作家協會獎的評審委員，他是位和我想像一模一樣的人，讓我非常感動。

《傀儡的陷阱》（文春文庫）也令我印象深刻。這是手腕高明的懸疑小說，分成四章，每章氣氛都各有不同，後半段則會揭曉令人驚異的眞相。當年讀的時候，我眞的嚇了好大一跳，就像是自己所站的位置整個被翻了過來。其實前幾天，我睽違二十多年重讀了這本書，完全不顯過時這點實在驚人。這部作品出版後，心理懸疑小說多到不行。書中謎團放在到現在來看已經不新鮮，即使如此，本作仍然毫無陳舊感。赤川次郎的作品中幾乎不描寫任何時代背景及風俗，讀起來十分瀟灑，這點比我在十幾歲時讀的時候更加強烈。更重要的是，因爲太好讀而以前沒注意到，此次重讀，我發現書裡充滿各式有趣的點子。赤川不會刻意強調點子的存在，而是以簡單易讀的文章、愉快的對話來將這些點子提供給讀者，這還眞是帥氣呢，我不禁這麼想。

接著是西村京太郎。十幾歲的時候，我萬萬沒想到未來的自己居然會以模仿筆畫的筆名[1]寫小說。我記得當時我超級興奮地讀《華麗的誘拐》（德間文庫）和《殺人雙曲線》（講談社文庫）這兩本書。前者從「我綁架了所

1　母親看了關於姓名筆畫的書，知道了赤川次郎先生、西村京太郎先生的名字筆畫非常完美，所以才想出了「伊坂幸太郎」這個名字。眞是單純的取名方法。

有日本國民，給我準備五千億圓的贖金！」如此破格又令人啞口無言的犯人要求開始。應該沒有人讀到這裡不覺得興奮吧？當然我一開始也皺眉心想，怎麼可能綁架全部的日本國民呢，不過當令人不由得鼓掌叫好的「綁架解釋」出現時，我真是大開眼界。我不知道現在重讀，我會有什麼想法。只是在讀到一半時出現「綁架國民的犯人集團，陷入必須保護國民的狀況」這般諷刺劇情時，我不禁覺得原來如此地接受了劇情發展。至於《殺人雙曲線》則是本格推理必備的暴風雨山莊連續殺人故事。一打開書，就立刻跳出作者的這句話，「因爲會違反規則，所以我先告訴各位，這個案件的犯人是雙胞胎。」這也太有勇無謀了。「到底會變成怎樣呢？」我側首不解，最後是出乎意料的結局在等著我。只是對我個人而言，比起最後的意外性，犯人的動機更令我訝異。那是「旁觀者的罪」、「參觀者的罪」，也就是說，這是對視而不見感到憎恨的人引發的案件。「雖然在法律上沒有任何錯誤，但是不對的事情就是不對吧？」這樣的煩惱，也是現在的我的小說經常處理的主題。

第三位是島田莊司[1]。如果不讀這位作者的書，或許我不會想到自己也來寫小說。至少，我不會執著於推理小說。因此不管他的哪本作品，我都很喜歡。若要挑出兩本書的話，首先是《北方夕鶴 2/3 殺人》（光文社文庫）。故事是以刑警爲主角的旅情推理，但是內裡全然不同。刑警思念著前妻一路往北，結果碰上了不可思議的密室殺人，甚至還出現了「深夜裡，倒退走路的鎧甲武士」這麼一個令人難以置信的謎團。而且，主角刑警還必須爲了洗刷前妻的冤情，得在時限內找出眞相。這麼豐富的內容全都放在一本書裡，實在太不尋常了。爲了前妻，滿身創傷地四處奔走的主角模樣令我胸口發熱。案件眞相實在太超出我的想像，太令人驚訝了。我不知道要怎麼寫出這樣的小說（現在也還是不知道）。《奇想、天慟》（光文社文庫）也是同樣奢侈，令人驚愕的作品。我從這位作家身上學到最重要的事情是，「這是島田莊司才能辦到的事情，像我這種人，如果想要模仿的話，只會失敗而已。」

也不能忘記夢枕獏[2]。我接觸到夢枕作品的契機是國中時，社團朋友告

1　我受到了島田先生全面影響。如果沒有讀島田先生的小說，我也不會想到要寫推理小說。

訴我他第一次讀到這麼有趣的書——那是《幻獸少年》（sonorama文庫）。眞的嗎，我半信半疑地讀起這本書，立刻就著迷了。書裡出現了好幾個詭異的強大男人。有只是身強體壯的男人，也有精神上非常強悍的男人。故事充滿速度感，動作場面也令人激動不已。更令我印象深刻的是作者執著描寫戰敗角色的部分，我非常喜歡。不是輸了就退場，而是一直觀察角色透過失敗累積起來的懊惱、屈辱。說是溫柔也是溫柔，但要說無情也的確如此，這就是夢枕獏作品的魅力。故事隨著系列愈來愈長，規模愈來愈壯闊。故事到底會怎麼結束呢，國中生的我帶著期待與不安地一路往下讀。沒想到，到了我已經三十七歲的現在，故事居然尚未結束，這到底怎麼回事呢？我到底能不能讀到這個故事的結局呢，到時候我還活著嗎，我經常擔心著這件事。

雖然沒有關係，但是島田莊司的作品和夢枕獏的作品，經常有「某個作品裡的登場人物（配角），也會在別的作品裡（不管是主角或配角）登場」的狀況。像是在「幻獸少年」裡出場，名叫九十九三藏的男人哥哥，就是《黑暗獵人》這部作品的主角九十九亂藏。對我而言這很有趣。登場人物

2　《瓢蟲》出版時，雜誌《野性時代》替我做了一個特集。那個特集裡有一個各界人士對我的提問單元。然後夢枕先生對我提出了一個宛如禪學問答的問題，我到現在還是不知道答案是什麼（笑）

會變得很立體，產生「這些人眞的存在，不知道他們現在在哪裡呢？」的心情，也會覺得「這個人雖然在這個故事裡是配角，但是在這個人自己的故事裡就是主角了」這顯然對我現在的小說裡產生深刻影響。

我也很喜歡《呑食上弦月的獅子》（上．下 早川文庫）。不過到了現在，我已經完全想不起來內容了。我只記得整部作品裡不斷反覆著「人，眞的能獲得幸福嗎？」這個樸素的提問。我還記得當那個答案出現時，我非常開心，開心到都要哭出來了。這麼說來，那個問題的答案到底是什麼，我想不起來了[3]。

接著是大江健三郎。大概是在我剛進大學，快要二十歲的時候，我拿起《吶喊聲》[4]（講談社文藝文庫）大江以獨特的文體描寫了三個年輕人的奇妙生活。原來有這麼有趣的小說啊，原來有這麼符合我喜好的小說啊。我只花一天就讀完了《吶喊聲》，隔天騎著機車去買別的大江健三郎作品。然後回到公寓讀完後的隔天早晨，再去買另外一本，連續十天。新井敏記在《吶喊聲》的解說裡寫到關於大江健三郎的回憶。那是他和朋友的對話。「大江

3　寫完這篇文章後，我又讀了一次文庫，這下就想起來了。（笑）
4　再度出現了《吶喊聲》（笑）我已經講過很多次，我剛開始寫小說的時候，我想要寫的是像大江先生或是北方謙三先生那樣的小說。

的小說很哀傷嗎？」「既哀傷又溫柔。」「是愛情小說嗎？」「不，是成長小說。」

沒錯，就是因爲想寫這樣的故事，我現在才一直在寫（像是）小說（的東西）。如果還要再選一本大江健三郎的作品，該選哪一本呢？新潮文庫裡的大江作品，我大部分都很喜歡，姑且決定是《毀芽棄子》吧。

這麼一看，我眞的受到這些作家很大的影響呢。如果有人讀了這十本加上一百本新潮文庫，接著想寫小說的話，我覺得應該可以輕易地寫出和我一樣的作品吧——甚至產生這種念頭。雖然也想說沒這回事，因爲實在沒什麼根據。

〈夏天讀文庫〉《yom yom》vol.7

和齊藤和義先生合作的工作

劈頭就宣傳自己的書，眞是不好意思。不過我寫的小說裡有一篇叫〈Fish Story〉。簡單說明大綱，就是「從前有個紅不起來的搖滾樂團，他們錄下龐克搖滾，因緣際會地拯救了未來的世界。」這麼寫出來一看，好像是個童話（實際上讀起來可能也是如此），總之就是這樣的故事。

這篇〈Fish Story〉明年將會上映改編電影。由去年將我的《家鴨與野鴨的投幣式置物櫃》拍成電影的中村義洋導演[1]執導，製片人和幕後工作人員也是原班人馬。我已經讀過劇本，眞的是非常熱鬧精采，我引頸期待觀看完成的電影。

決定改編電影的時間是在前年年底左右。那時起，製片人就一直將「電影裡的搖滾樂團音樂該怎麼寫，要由誰來寫，可是關鍵吶。」這句話掛在嘴邊。那首「將會拯救世界」的龐克搖滾會在電影中反覆出現，確實很重要。

1　電影《家鴨與野鴨的投幣式置物櫃》DVD特別收錄裡，收錄中村導演和齊藤先生在錄音室替影像配音的場景。我看著影片，覺得他們真是一對好搭檔，非常羨慕。畫面忠實呈現出兩人從以前就是老朋友的感覺。前陣子有一個我和中村導演、齊藤先生的對談。我仔細思考兩人認識的過程，這才發現他們是透過我認識的，讓我大為震撼。陷入類似有好感的女孩介紹給男性朋友，兩人居然不知不覺間交往了的心酸感受（笑）

「我們開出了各種樂團和音樂人的名單，正在愼重討論的階段。」

當我聽到製片這麼跟我說時，差點就要脫口而出，要不要找齊藤和義先生呢？其實當時，我和齊藤和義先生沒有見過，也沒想過要和他一起工作，只是單純想要聽齊藤和義創作的龐克搖滾，只是認爲齊藤和義一定可以寫出很帥的歌而已。不過由原作者來提出建議，未免有點厚臉皮，所以我什麼也沒說，只說了「我很期待最後決定人選寫出來的歌曲。」

在那之後過了一段時間，因爲許多因緣際會，我和齊藤和義先生一起工作了。我之所以決定辭掉工作，當專職作家的契機是因爲在通勤巴士上聽了〈幸福的早餐 無聊的晚餐〉。沒想到居然能和那位齊藤和義先生一起工作，眞是令我感激涕零（這部分的事情，我在去年出版的對談集《關於牽絆》中也寫過了，在此省略。）

去年春天。電影《家鴨與野鴨的投幣式置物櫃》即將上映的時候，我參與宣傳行程，進行了「仙台拍攝地巡禮」。和導演中村義洋、製片以及女演員等人一起在仙台的街道散步。這時，我的ＰＨＳ忽然收到郵件，我心想到底是誰，打開一看原來是齊藤和義先生的來信。信上寫著「我去看了《家鴨與野鴨的投幣式置物櫃》的試映，非常精采。」而這時正好電影的相關人士正好都在，真是太巧了。我感動地立刻告訴就在眼前的製片等人郵件內容，而他們也都非常高興，接著同時帶著頗有深意的表情彼此對望，開始笑著說「這真是命運啊」之類的話。我心想到底是怎麼回事呢，結果製片人居然說「唉呀，我們正在討論〈Fish Story〉電影中的歌曲是不是要委託齊藤和義先生呢。」我想齊藤和義先生也想不到收件人的所在地，正在進行這樣的討論吧。雖然不是飛蛾撲火，但真的就是齊藤和義先生自己跳進來的瞬間。

因此電影〈一首Punk歌救地球〉中使用的龐克搖滾就決定由齊藤和義先生來操刀了。我記得這是去年夏天左右的事情。

又過幾個月，製片人將齊藤和義先生創作的〈一首Punk歌救地球〉ＣＤ寄給我。雖然不該公開發表尚未發售的曲子感想，不過這真是又簡潔又粗暴又帥氣。曲子裡帶著就算是二十幾歲的搖滾樂團也寫不出來的龐克搖滾青澀感，同時搭配著扎實演奏，聽都聽不膩。

之後，我和齊藤和義先生見面時，他害羞地小聲說，「那個很像詛咒樂團（The Damned）的拷貝版吧。[2]」我覺得很好笑。當然，那絕對不是什麼抄襲的曲子，可是這種話眞的很符合齊藤和義先生的性格。他繼續說，「我覺得演奏那首曲子一定會很開心的。」這句話也令我印象深刻。電影裡將會有演員來演奏那首曲子。我看著想像著那個狀況、說出「一定會很開心的。」的齊藤和義先生，覺得齊藤和義先生與其說是「談唱歌手」或是「創作歌手」，更像是個搖滾樂團[3]。

因此，雖然不是直接的形式，但我至少和齊藤和義先生合作一次，令我很開心。不過爲了不讓周圍的人感覺「那個作家老是靠齊藤和義工作」而不高興，我也得努力做好自己的工作才行。

《別冊角川》二〇〇八年八月號

2 我覺得這句話真的很好笑，也很有趣。齊藤先生為了創作七〇年代的龐克風格的曲子，聽了很多那時代的音樂。

3 據說齊藤先生以前是重金屬路線的速彈系吉他手，曾經以宇都宮最神速吉他手的身分廣受崇拜（笑）我上的學校裡也有憧憬Loudness的高崎晃先生的同學。年輕的時候，就是會覺得「快＝偉大」呢（笑）

《我所愛的幽靈》[1]打海文三　解說

老實說，剛拿到這部作品時，我一開始不怎麼起勁。打海文三是我很喜歡的作家，能夠讀到他的新作是很幸福的事情。然而，《我所愛的幽靈》這個標題，我怎麼想都覺得是少年和幽靈產生友情的奇幻風格作品，或是遙想少年時代，令人感到溫暖的童話故事。

我認為打海文三沒必要寫這樣的故事，而且也不是我的喜好。因此（對我來說）可能是不怎麼有趣的書吧，我很失禮地這麼想著，開始讀了起來。

故事從「我到十一歲時的夏天為止，都糊裡糊塗地活著。」這麼一句話開始。主角是名叫田之上翔太的少年。「也就是說，我沒有過可以稱之為煩惱的煩惱。」他說，「我當時最尊敬的人是大我五歲的姊姊。光是這個事實，就可以知道我到底是多麼糊裡糊塗地活著。」

讀了這一頁，啊，這是……我立刻端正坐好。我馬上知道這不是「孩子

1　我拚命寫完這篇後，才發現打海先生不可能讀到這篇解說，再也不可能了，這麼想就令我很傷心。

與幽靈的友情故事」，也不是「訴求懷舊，令人感動的故事」。所謂「我到十一歲時的夏天爲止，都糊裡糊塗地活著。」換個角度想，就是「十一歲的夏天之後，就再也不能糊裡糊塗地活著了。」也就是，這部作品講的是再也不能糊裡糊塗活著的少年，爲了生存奮鬥的故事。然而，隨著我繼續往下讀，我開始有了這絕對是驚人傑作的預感。故事既不誇張，也沒有高潮迭起，卻非常符合我的喜好，讓我很興奮。我無法好好說明，我爲什麼會這麼喜歡這個故事。我本來就不擅長有條理地分析抽象性質的「感動」，所以現在正在寫的這篇文章，與其說是解說，不如說更接近祈禱。祈禱「有人和我一樣喜歡這本書」。

打海文三有不少作品是以年輕人、少年少女爲主角的。像是《魯濱遜之家》、《愛與悔恨的嘉年華》、《裸者與裸者》、《愚者與愚者》等等，我每一本都喜歡。在這些作品裡登場的年輕人，所有少年少女都帥氣地令人驚訝。在打海文三的遺作《家與母親的夢》中有這麼一句話——「人類是纖細的怪物」，這些少年少女就像是這句話的具體化身，同時具備纖細與力量。雖說是年輕人，雖說是孩子，但他們的生活並不平靜。不如說，不管是年輕人或是孩子，都生活在殘酷的環境裡。而他們既沒有逃走，也沒有陷入恐慌，而是拚命地活著。打海文三的作品總是描寫著在不管是內戰、不明疾病、獵奇殺人等等，簡直是毫無道理的巨大災難中，這些純粹又堅強的年輕人、孩子拚命活下來的模樣。

或許正因爲如此，我每次想到打海文三的作品時，腦中就會浮現在大雨之中，撐著比自己身體還要大上一圈的雨傘，背著書包上學的少年。弱小的身體忍耐著大雨，即使感到不安，卻也不停下腳步。少年絲毫沒有哀憐自己或自以爲是。雖然是弱小的存在，卻很堅強。該做的事情就是該做，就只是「雖然弱小但是堅強」的少年。

回到這個故事。簡單說明《我所愛的幽靈》的話，大概是以下的感覺。

十一歲的暑假，田之上翔太去參加了搖滾樂團「薇薇安女孩」的演唱會。回家路上，在中野車站遇到有人掉到鐵軌上的事件。他「明明就是個膽小鬼」，「卻想親眼看看真正的慘死屍體」，靠近了鐵軌。結果一個穿著深色西裝的年輕人靠近他說，「小朋友，不要看。」

在這之後，田之上翔太的身邊開始發生奇怪的事。他發現自己以外的人好像有哪裡變得不太一樣，比如說味道。家人和朋友開始發出某種特殊的、腐敗似的硫磺味。以前從來沒有發生過這種事。因此他覺得「我的鼻子變奇怪了。」這時，他確認中野車站並沒有發生臥軌事件，他開始想「我的腦袋和鼻子都變奇怪了。」

沒多久，一個男人接近了田之上翔太。那是在中野車站對他說「小朋友，不要看」的年輕男子，山門健。山門健遞給他的名片上潦草地寫著「家人很擔心你，什麼都不要說。/我們好像迷路了。」

田之上翔太和山門健誤入了別的世界，警察和自衛隊盯上了他們。

故事就這麼進行下去。

故事核心許或許可說是田之上翔太與家人的關係、愛情的問題。田之上翔太知道「孩子對於『愛』非常敏銳。」而當我以爲他要說「我大概很有逃避現實的才能。」他卻傾訴著「如果無心也能溫柔的話，爲什麼我的家人要拋棄我？」他並沒有彆扭，困惑地哭鬧，卻像是抗議般地嘆氣說，「對無心的人要求他們有心，也是沒有用的。」

故事進行到一半，有名女性說「翔太眞是幼稚。」聽到這句話，田之上翔太這麼回應。

「這我承認，所以我想聽眞話。」

他很清楚自己是少年、十一歲、且膽小又幼稚，卻還是希望「想聽眞話」。他身上並沒有強裝大人的孩子所有的矯揉造作，也沒有「因爲我還是孩子，所以要原諒我」那種想要撒嬌的感覺。然後，他思考著這樣的事情：

「首先要將頭腦、心靈和肉體鍛鍊到大人的程度，接著等待能夠以自己的能力開拓命運的時機到來。」

他很清楚像自己這樣的孩子要生存下來，該做什麼事情，最重要的事情是什麼。這個部分令我讀來十分糾結。我並不是要同情他，或是可憐他，抑或是佩服他，而是感動於他那「弱小卻堅強」的姿態。而那個「弱小卻堅強」的田之上翔太，絕食、打雪仗、投接球的場面，都是那麼苦悶，但苦悶的同時也滲出溫柔。雖然文筆很淡漠，然而讀著讀著，心中卻有一股暖流。

田之上翔太到最後怎麼了，這裡當然無法寫出來。然而，最後的場面完全出乎我的意料，令我十分感動。或許會有人誤會，所以我要說在前頭，雖說是「出乎我的意料」，但並不代表有什麼大逆轉，或是驚天動地的結尾；可是也沒有一個清楚明白的結局會帶來的爽快感。只是那個結束方式無法用「回去原來的世界／回不了原來的世界」「獲得幸福／悲劇」來分類，而是非常不可思議，又十足精采。我楞楞將書頁翻到最後，想將這本書放在書架上最好的位置。我不知道以這本文庫開始、讀完這本書的讀者中，有沒有人和我有同樣心情。但我想一定有吧，如果有就好了。

此外，田之上翔太誤入異世界的時間點是在看了叫「薇薇安女孩」的搖滾樂團演唱會後。這個「薇薇安女孩」的名字必定來自亨利・達爾格（Henry Darger）的作品《不眞實的國度》。以前青山Book Center六本木店舉辦過「打海文三推薦作品」展，當時就有這本《不眞實的國度》（不好意思的是，我到那時候才知道亨利・達爾格這個人）。關在家裡足不出戶的亨利・達爾格花費了六十年留下了這部作品（長達一萬五千頁，與數百張插圖）他當然不是爲了商業出版而創作，而是爲了自己。故事裡有名爲薇薇安女孩，擁有男性性器官的可愛少女戰士。而打海文三將田之上翔太騙進異世界時，用了這些少女戰士的名字。

我看著亨利・達爾格那不知道該說是悠閒還是異常的畫，覺得和打海文三的作品有著共通之處。稚氣和殘酷並存的童話故事，我覺得非常適合《我所愛的幽靈》加以引用，太合適了。

最後——

在這部小說裡，有一個對在房間等待的田之上翔太招手，穿著制服的二等陸尉。抬頭挺胸的二等陸尉這麼說：

「不要怕，快點出來吧。」[2]

這或許不是特別重要的段落，不過不論是我第一次讀，或是重讀的時候，我都覺得這是打海文三本人直接對我說的話。不是「這裡很安全，不用害怕，放心出來吧。」的意思，打海文三不會說這種騙人話。

這個世界很危險，充滿殘酷又毫無道理的事情。我知道我們既纖細又脆弱，但正是因爲知道這件事，我們只能堅強地活下去，所以——

「不要怕，快點出來吧。」

打海文三就是會這麼對讀者說的作家，我總是這麼想。

《我所愛的幽靈》打海文三 中公文庫 二〇〇八年十月

2 寫的時候完全沒想到，不過之後我覺得《A KING—某王者》的最後，或許受到了這句話的影響。這句話已經深深刻在我的腦子裡了。

我的底牌 & 我迷上的○○

我很想要認真工作，不過現階段沒有可以說「這個將在二○○九年發售」的作品[1]。我覺得在德間書店的《書之友》上連載的《A KING——某王者》應該可以成書，然後在《讀賣新聞》上連載的《OH！FATHER》出版單行本的可能性也很高，不過現階段還不能確定。雙方都是首先要平安無事連載完最重要。除此之外，我也想努力寫不經連載直接出書的作品，不過也還不明朗。

我沒有迷上什麼東西[2]。我本來就沒有什麼興趣，經常會覺得自己真是很無趣。不過雖然談不上著迷，我最近經常聽The Blue Hearts的歌。我已經十幾年[3]沒有好好聽過他們的歌了。但是一聽到第一張專輯的第一首歌的鼓聲，即使已經三十七歲了，我還是心跳加速，連自己都覺得好笑。雖然浩人

1　結果《A KING—某王者》和《OH！FATHER》都在二○○九年出版了。

2　我現在迷上了飼養大鍬形蟲。因為才剛開始，很多時候都在狀況外，但是很開心。

3　我很常聽The High-Lows和THE CRO-MAGNONS的歌，不過真的好一陣子沒聽The Blue Hearts了。睽違許久拿出來聽，還是覺得他們超帥氣的。

和昌利現在是以THE CRO-MAGNONS這個團體發表不帶任何訊息，只是有著搖滾樂單純樂趣的歌曲，但我仍舊覺得從The Blue Hearts開始的這種變化非常精采。

2009年

牛[1]的心情

小時候，我聽到十二生肖[1]的民間故事時，我在意的是牛。牛覺得「自己走路很慢，所以早點出發吧。」很早就出發了。然而，即將抵達終點時，卻被騎在自己背上的老鼠搶先了。

一想到這時候牛的心情，我就覺得很哀傷。當時還只是孩子的我，也覺得自己的誠懇努力遭到利用，心裡一定很懊惱吧。聽到我這麼說，母親卻說，「牛不會在意的喔，畢竟都已經加入十二生肖了，可能會覺得『哞——算了吧。』（譯註）」聽到這個回答，我稍微安心了。確實，十二生肖的第一名和第二名相比，也沒有什麼特權，或許不是那麼需要生氣的事情。

前幾天，孩子的手指頭受傷了。雖然只是輕微摔倒，但操心成性的我還是帶著他前往骨科。我開車抵達醫院停車場，結果都已經停滿了，我焦急地想醫院應該很多人吧。當我走進電梯裡，一個男人朝著我的方向跑過來。我

1　又是一篇千辛萬苦才寫出來的「生肖雜文」。我一直問妻子說有沒有什麼關於牛的題材可以寫，不過她只回答「用牛步應該可以寫出什麼吧？」這種曖昧又不負責任的話，真令人困擾。我心想「用牛步哪能寫那麼多！」（笑）

2　我一想到市面上有關於十二生肖的書籍，就立刻去買。或者該說，我甚至覺得每年都引用十二生肖的故事不就好了。老鼠施展陰謀詭計，騙了

打開即將關上的電梯門，對方卻毫不吭聲地進了電梯，抵達目的樓層後也理所當然似地走出電梯，迅速走向掛號櫃臺。「明明是我們先到的。」我差點脫口而出這句話。這時掠過我腦海的是牛。「在即將抵達目標前被追過的牛，應該不會在意這種事，這就是『哞——算了吧』的精神」。就這樣，我託牛的福，心情變好了。之後，我找了有關「十二生肖的民間故事」的書來看。

沒想到，被追過的牛的場面是這樣的，「非常懊惱，『哞——哞——』地憤怒叫個不同。」什麼，原來牛也會生氣嗎？我大受打擊。不過我後來轉念心想，該生氣的時候就該生氣，這也很重要。

我今年的目標就是平均使用「哞——算了吧」和「我已經很生氣」了。

中日新聞（晚報）二〇〇九年一月七日

譯註：日文中牛的叫聲和此處的原文頭兩字同音。

以貓為首的各種動物。牛就是那種低調帥氣的角色。牠對自己動作慢這件事有所自覺，所以提早出發，認真地朝著目標走去，這不是很帥嗎？（笑）

人氣作家55人大問卷！

「二〇〇八年印象最深刻的書」

我今年沒讀太多書，不過讀到莫言的《生死疲勞》和馬利歐．巴爾加斯．尤薩的《胡莉亞姨媽與作家》讓我很幸福。莫言很棒，而《胡莉亞姨媽與作家》完全符合我的喜好，符合到懊惱爲什麼現在才讀到。

「二〇〇九的預定」

在德間書店《書之友》連載的《A KING——某王者》，以及在讀賣新聞晚報上連載的《SOS之猿》如果能平安結束連載的話，或許會在今年內成書出版。後者，則和（應該會由）漫畫家五十嵐大介先生執筆的漫畫《猴子SARU》[1]成對出版。

《活字俱樂部》二〇〇九年冬季號

1　最後是以未經連載直接成書的形式完結，真的是部超級傑作。標題則是改成了《SARU》。

宛如在精神宇宙中旅行的書，總會吸引我。

1

一聽到夢想、浪漫這些字眼，我的確會興奮及雀躍，不過我本來就喜歡穩定生活，個性陰沉，所以覺得高潮迭起又壯闊的冒險故事始終和我無關。我寫過叫《Golden Slumbers：宅配男與披頭四搖籃曲》，以逃亡者爲主角的小說。是我自認以好萊塢電影那樣的娛樂作品爲目標挑戰寫下的作品，不過當時也有人指出「主角不過就是在仙台市內晃來晃去，還有很多室內場景，根本是室內派的作品。」那時候，我回答對方「因爲我很少出門。」或許比起奔馳在晴空下的陽光冒險故事（以電影來說，就像《法櫃奇兵》那樣），在無趣的黑暗中思考「我到底爲什麼會做這種事？」這種內省的故事（以電影來說，就是《2001太空漫遊》）更符合我的興趣。

這次舉出三部作品，和追求明快夢想、浪漫的作品不同，都是帶有思辨，彷彿在精神宇宙中旅行的書。如果有人和我有同樣喜好就太好了。

《公尺的誕生》（The Measure of All Things）

亞爾德（Ken Alder）譯・吉田三知世　早川書房

十八世紀末，兩個科學家爲了測量子午線，各自往南與北出發。以子午線的長度爲本，訂出了公尺這個單位。他們在旅途中碰上了許多冒險，像是被當成間諜之類的。不過我覺得有趣的部分，並不在這些地方，而是在察覺到自己測量誤差的科學家苦惱（書腰上寫著「他們就連錯誤也是科學上的偉大成就」）或是決定好的測量單位並不爲世人所接受的鬱悶（「比起『學會就知道的好方法』，人類更喜歡『早已習慣的壞方法』。」這句話令我印象深刻）更有味道。

《吞食上弦月的獅子》夢枕獏　早川文庫

「螺旋」收藏家和岩手的詩人（宮澤賢治）合而爲一，進入不可思議的世界，登上了高山。爲什麼要爬上去？爲了回答「獅子宮的入口」的問題。

1　這篇文章的邀稿主題是「讓你感受到夢想、浪漫的書是什麼書？」我不大關心夢想、浪漫，不過若是將其解釋成精神世界的冒險，這三本書應該算符合主題吧，所以選了它們。我說過很多次，因為我很少出門，因此比起實際動身旅行，我更喜歡在精神世界旅行。

這個世界觀浪漫到令我暈眩。主角在途中提出了「人能夠獲得幸福嗎？」的問題。在故事的最後，詩人平靜地說出了那個問題的答案（並不是什麼驚天動地的台詞），我深受感動，甚至湧起了一股積極的心情。

《艾比斯之夢》山本弘　角川書店

或許是我生性單純或是幼稚吧，只要一聽到「夢想、浪漫」之類的字眼，就會宛如條件反射似地想到「宇宙」、「機器人」。這本書是機器人登場的故事。是連作短篇的形式，一開始帶著沉穩的氣氛，隨著作者筆下的人類慾望和恐怖帶來的（我喜歡的）不安感，故事逐漸產生變化。最後從機器人的口中說出了這個故事的目的。其中表現出小說的力量以及從那裡產生出了未來的希望，這令我真正地感受到了夢想與浪漫。

《費加洛日本版》二〇〇九年十二月二十號

我的底牌&我的出道前/出道後

二〇一〇年是我出道第十年。雖然不是因爲這個原因，不過我正寫兩本沒有連載的長篇小說。一本是《瓢蟲》，一群殺手在新幹線內對決的故事；另一本是《夜之國的庫帕》，是以架空國度爲舞台的故事。雖然還不知道什麼時候可以寫完，不過如果之後擺在書店裡時，能獲得讀者注意就太好了。然後我參加了雙葉社非常有趣的企劃「郵政小說」，寫了名爲《Bye Bye，Blackbird——再見，黑鳥》的故事，應該會在二〇一〇年出版單行本。還有其他作品也可能會成書，說不定會出版不少作品[1]。到時候如果大家能認爲「因爲是十週年嘛」，我會非常感激。

成爲我出道契機的新人獎——新潮推理小說俱樂部獎的慣例是在決選當天，將入圍者叫到評審會議場地所在的飯店，和其他入圍者與編輯一起等待

1　包含這本雜文集在內，二〇一〇年我出了四本書，是有史以來出版最多作品的一年。

2　當時我在聽我弟弟做的音樂。雖然我不是所謂的傻哥哥，但是我弟弟的曲子和歌詞很有獨到之處，我覺得很棒。因為我打算如果落選，就不再寫作了，當時心跳加速地想著「說不定今天過後一切就結束了。」

3　他經常說「范達因認為一個作家能寫的優秀作品不過半打，然而范達因

結果發表。當時我還在軟體公司工作，出差前來東京。因爲我很害怕知道結果，所以一直不敢進入飯店。我記得當時我在附近聽隨身聽[2]，讓自己冷靜下來。然後我終於下定決心，走進飯店，發現編輯正站在大廳，對我伸出手。我向他道歉「抱歉，我遲到了。」他對我說「恭喜。」我雖然搞不清楚狀況，但也回握他的手。在那之後，我和他[3]一起合作五本單行本，明年就是第十年了，令我感慨甚深。

《這本推理小說了不起！》二〇一〇年號

自己證明了這件事情根本是錯的。」在這之後，我和他還合作了《OH！FATHER》剛好半打。後來，他便因為人事異動，不再擔任我的責任編輯。這也令我非常感慨。

2010年

玩具條約[1]

妻子說「不入虎穴，焉得虎子。」我還以爲她在說什麼，原來是在講流感疫苗。她想讓孩子接種疫苗，爲此必須前往醫院，然而現在的小兒科塞滿了流感患者，據說孩子之間也在流行腸胃炎，也有可能感染病毒。也就是說爲了接種疫苗，就必須前往流感虎視眈眈的醫院，果眞是不入虎穴。

「有風險，但還是去打會比較安心。」負責這個單元的記者如是說。

「唉，其實我預約好打疫苗的時間，但我兒子討厭打針，鬧個不停。」

「你兒子幾歲來著？」

「四歲。」

「根據育兒寶典的說法……」記者這麼告訴我，「碰到這種情況，就必須提出交換條件。比如說，忍耐打針的話，就買玩具給他之類的。」看到我沉默不語，記者也發覺了「難道你已經答應他了？」

1　慣例的「生肖雜文」。這年我幾乎要放棄了，甚至考慮要去拜託對方停下這個單元了。不過我還是想要盡可能地努力到最後，終於奮發地寫出來了。我常常想所有工作裡，我對這一個最努力，總是絞盡腦汁地把東西擠出來（笑）如果之後，又收到邀稿的話，我想以寫一圈生肖為目標努力，不過到底會怎麼樣，我也不知道。再來還有五次要寫，我到底能不能在二〇一一年一月寫出關於兔子的文章呢，敬請期待（笑）

真是丟人，我沒辦法說服兒子。雖然距離預約日還有一段時間，但他堅持不肯打針，而且我腦中對於流感傳染的恐懼愈來愈嚴重，我無法壓抑心中不安，終於對兒子吐出了禁忌的那句話，「你如果努力忍耐的話，爸爸就給你獎品。」在那之後，兒子就開始興奮地期待「打針的日子還沒到嗎？」就像等待聖誕節一樣。

「如果實施獎勵制度，那麼小孩之後沒有獎勵就不會聽話了。」

「我說溜嘴了。」

「不是說禍從口出嗎，說出口的話一不小心就會招來災難的。」

正是如此。流感疫苗要打兩次，或許還有日本腦炎的疫苗接種。兒子正虎視眈眈地等著機會到來。我聽說美國小孩要打很多疫苗，其他國的小孩到底有多少玩具啊。

幾天之後，我和記者聯絡。

「我沒有帶我兒子去打疫苗。」

「不可以自暴自棄喔。」

「虎死留皮，人死留名，病毒留下免疫。」

「我不懂。」

「其實打疫苗之前，我兒子得流感了。」

玩具條約至今還是曖昧狀態。

中日新聞（晚報）二〇一〇年一月五日

人氣作家56人大問卷！

「二〇〇九年印象最深刻的書」

我對吉村萬壹先生的作品印象深刻。《嚴厲懲罰》很爆笑，也令人看得很興奮，《獨居45》則是讓人非常恐懼。特別是作中作的〈女人〉更是徹底打敗我了。

其他還有《機械芭蕾》[1]和《黏膜蜥蜴》[2]都很精采。

「二〇一〇年的預定」

今年是我出道第十年。預計會在雙葉社出版《Bye Bye，Blackbird——再見，黑鳥》，還可能會有其他作品。若不嫌棄我一直出書，我會衷心感激。

《活字俱樂部》二〇一〇年冬季號

1 津原泰水先生的作品。他將完全無法想像的世界化為文字，讀來令人喜悅不已。

2 飴村行先生的第二部作品。在那之後，他獲得日本推理作家協會獎。因為我是評審委員之一，因此感到很開心。

名爲武田幸三[1]的格鬥家

「能夠活著回到家人身邊，令我鬆了口氣。」

「我已經抵達了不會害怕死亡之處，沒有任何悔恨了。」

二〇〇九年十月二十六日，在橫濱競技場的K-1 WORLD MAX的引退比賽結束之後，我在休息室附近見到武田幸三先生，他對我這麼說。因爲和阿爾伯特・克勞斯（Albert Kraus）的對戰剛結束，整張臉都腫了起來，令我看不清他的表情，不過我想他應該是笑著說的。從他以清爽的口吻平靜地這麼說的模樣看來，那些話並不是裝模作樣，或是逞強，當然也不是要說服他自己，而是從體內滿溢而出的眞心。

我不熟悉格鬥技。雖然會很興奮地看電視播出的比賽，但是在認識武田先生之前，我沒有去過比賽現場，也完全不了解格鬥團體之間的差異，和選手的名字。我之所以會認識武田先生，也是因爲自己寫的小說裡必須出現格

1　我和武田先生第一次見面是在我為了《沙漠》的取材，前往治政館練習場打擾的時候。他那帥氣的模樣大大震懾了我，所以我在《末日愚者》裡寫了〈鋼鐵羊毛〉。平常的武田先生，就是有趣的大哥，和擂臺上的他有著另一種不同的帥氣。

2　我和攝影師藤里先生會認識是因為女性雜誌關於《孩子們》的訪問的關係。編輯告訴我「藤里先生參加一個名叫ATG的藝術組合，也做了一些

鬥技練習場，才因爲取材第一次見到他。

我是透過一直拍攝武田先生照片的藤里一郎[2]先生介紹的。在這之前，我就經常聽他講「踢拳的武田幸三」的事情。像是「他可是在泰國的泰拳聖殿Rajadamnern體育場成爲冠軍的日本人，至今爲止只有四個外國人冠軍。」、「他太禁欲了，禁欲的程度，他說第二沒人敢說第一。」、「只有他的比賽，才會讓K-1會場變得像後樂園會館那樣熱鬧。」

我第一次前往武田先生隸屬的治政館是在K-1 MAX和播求（Buakaw Por.Puramuk）的對戰之前，正是練習的緊要關頭。當時的練習場雖然定時響起比賽鈴聲，但是沒有人開口說話，武田先生將自己的身體操練到極限，拚命反覆著出腿，散發出的緊張感令人害怕。身爲外人的我，甚至開始擔心自己到了一個很可怕的地方。因爲對戰即將開始，我事先就知道武田先生不會接受我的提問。不過或許是武田先生的好意，參觀之後，我們在附近的家庭餐廳開始了取材。那是我第一次和武田先生說話。

「我在大學時是橄欖球選手，平常都住在宿舍。晚上，我打開電視，正

T恤。雖然是偶然，不過A、T、G都是DNA的組成物質呢。」所以我們聊起了那個組合的事情。然後我對他說「我接下來要出版名叫『蚱蜢』的小說，可以的話，請幫我做一件T恤吧。」當時我是抱著開玩笑的心情這麼說的，不過藤里先生立刻向我身出手微笑地說，「太好了，合作決定！」（笑）那天晚一點，我打開ATG的網站一看，發現上頭寫著大大的「合作決定！」「咦，沒問題嗎？」慌張了半天。我們從這件事情

好播出了K-1的決賽。那一瞬間，我想『就是這個了。』隔天我就辦了退學手續。」聽到關於開始踢拳的契機是什麼時，武田先生這麼說。

「咦，隔天嗎？」

「對啊。當時K-1還只有重量級，我也不知道要怎麼樣才能參賽，但我就是相信自己明年將會成為這個大賽的冠軍，其他什麼都沒想呢。」

我心想著不能笑，但還是笑了出來。與其說是離開大學，聽起來就像是辭掉打工一樣簡單。

「然後我就翻著電話簿找練習場。而治政館的廣告比其他練習場的廣告大了一點，上頭寫著前日本冠軍、長江國政，我立刻決定就是這裡了。」

對武田先生來說，最高興的時刻是什麼?

在那間家庭餐廳談話時，我這麼問他。我很喜歡問別人這個問題，我自己也不知道爲什麼，完全沒有想要測試對方的打算。只是我經常單純地煩惱著「人（我）到底應該享受著什麼活下去呢？」、「應該要抱著什麼目的繼

之後就一直有往來（笑）後來他替我拍了《死神的精確度》的封面照片，也因為拍攝了武田先生的官方寫真集，所以替我居中牽線武田先生的取材，在我的工作上幫了我很多忙。

續工作呢？」想要聽別人的答案以做參考吧。

武田先生「嗯——」地思考了一會，「比賽之後，收到朋友傳來『今天的酒喝起來很有滋味』的簡訊吧。」

我這時候不知道究竟該不該笑，但總之就笑出來了。雖然很簡單，卻是令人愉快的答案。「贏得比賽」、「打了一場好比賽」的答案雖然不錯，但是首先想到的是「觀眾的心情」這點，令我覺得很有趣。

「那麼，最糟糕的時刻又是什麼呢？」這次便是立刻回答了。

「就是剛才的相反吶。像是賽後被說今天酒很難喝的時候。」

武田先生的立場頭尾一致。「（長江）老師的想法也是如此，必須讓觀眾熱血沸騰。如果是無聊的比賽，就算贏了，觀眾也會說『如果只是這樣的話，那就算了。』」

一般說來，經常會聽到這兩句話。

——因爲是專業人士，所以必須留下成果，只要能贏就好。

——因爲是專業人士，所以不讓觀眾高興的話，就沒有意義。不管哪句話，都是各人秉持各自立場、各自信念說出來的。我從以前就無法判斷哪句話才是眞實。

「打一場好比賽，然後贏得勝利」當然是最理想的。問題是，次之的狀況是哪一邊。

是「就算輸了，卻也是場精采的比賽」？

還是「雖然是場無聊比賽，卻獲勝了」？

一定沒有答案的，也可以說兩者都是正確答案。去追究正確答案，或許也沒有意義。然而，每當我觀看武田先生的比賽，或是聽仰慕武田先生的人說的話，我就會不自覺地思考起這件事。

初次見面後，武田先生和播求的對戰，我是在電視上看的（就是說我不在現場）但是緊迫感卻透過電視畫面傳了過來，我幾乎不能呼吸。播求的身體就像是條鞭子，或是裝上了彈簧似地不斷彈跳的躍動感，與武田先生穩穩地踩在地面上，逐漸逼近對手，宛如斧頭一般的低踢，一次又一次灌注靈魂似地出招的模樣，呈現出某種對照。但是因爲兩人共同的根基都是泰拳，與其說是相斥，不如說像是引力互相作用的一場比賽。（格鬥技門外漢的我講這種話實在自以爲是）最後判定武田先生輸了。當然如果贏了，觀戰的我也會很高興吧，但還是有股幸福的感覺。到了現在，我還是會想「對了，原來武田先生輸了那場比賽啊。」

之後不久，同樣是K-1 MAX上，和安迪·薩瓦（Andy Souwer）的比賽也令我印象深刻。第一回合，因爲武田先生的低踢奏效，所以看起來佔了上風。倒是第二回合，薩瓦的拳力愈來愈強，最後武田先生被逼到了角落。接著薩瓦的直拳毫不留情地落在武田先生身上。武田先生雖然以雙手防禦，但最終還是被薩瓦的鉤拳（我這麼想）給KO了。我楞楞地想著眞是遺憾，但最讓我驚訝的是透過電視畫面看到武田先生被擊倒的時刻。

轉播以慢動作重播了薩瓦的直拳毫不留情的段落。薩瓦的猛攻充滿魄力，武田先生也被壓制住，我看起來是這樣的。然而，實際上並非如此。武田先生抵抗著薩瓦的拳頭，一心一意等待反擊的時機。終於等到薩瓦的直拳停下，稍微放鬆防備時，「就是現在」般，他的雙眼發光，左拳狠狠打在薩瓦身上。他那有力的眼神和手腕的動作，雖然只是一瞬間，卻烙在了我的視網膜上。僅僅一瞬間，薩瓦的鉤拳快了那麼一點點。武田先生在出了直拳後，下巴中招，倒了下去。慢動作播放讓我看清楚了電光石火之間發生的事情。

眞可惜，確實可以這麼說，但除了可惜，我還有股難以言喻的感慨。

爲什麼武田先生的拳不能先打中呢？那眞的是一瞬間，一線之隔的差距，武田先生倒下，輸了。說不定對格鬥技來說，就算只是一線之隔的差距，其實是難以跨越的鴻溝。不過即使遭受宛如雨點落下的攻擊，卻能在最後的最後抓住逆轉的機會，實在讓我大受震撼，興奮不已。

森澤明夫先生撰寫的，踢拳選手武田幸三的傳記《末代武士》中有這樣的場面——

武田在角落脱下外套。

上半身因爲汗水閃閃發亮。

就在一旁的一名觀眾大聲喊道：

「武田！讓我看看你的人生！」

比賽尚未開始，卻已經有觀眾開始哭泣了。

死命練習，踏上擂臺，被逼到絕境的同時卻也抓住逆轉的機會，在千載難逢的時機裡揮出反擊的拳頭，卻是落空了。爲什麼？我忍不住想這麼問。爲什麼不行？這的的確確就是眞實人生會發生的事情。爲什麼不順利？爲什麼那麼努力了，卻得不到任何回報？爲什麼他成功了，我卻失敗了？日常生活充滿了爲什麼。

「啊，我想澄清一下。」前幾天，我見到了武田先生，他苦笑著說，「大家好像都覺得武田幸三不在意勝負地努力戰鬥，但其實我非常在意勝負的。」他露出了很困惑的模樣。「爲了確實獲得勝利，我和老師做了很多研究，以理論的方式進行練習，我眞的很想贏。抱著這種心態上了擂臺，結果輸了。可是卻被當成我不在意結果，那不就只是自暴自棄嗎？」他雖然笑著這麼說，卻也認眞強調，「請你了解，上了擂臺就一定要贏的。」

我聽完這些話之後，還是忍不住笑了出來。說的也是，「和勝負無關」的確是很失禮的說法。

引退比賽[3]時，武田先生被技術性擊倒戰敗了。我覺得我是第一次看見武田先生遭到低踢攻擊，膝蓋一軟的樣子。至今爲止，我完全沒看過他以那種方式落敗的樣子。

「我在比賽之前，眼睛就不行了，什麼都看不見。」之後，武田先生淡然地這麼說。

根據前面提到的《末代武士》說法，武田先生的左眼在拿到日本冠軍後的初次冠軍保衛戰起就看不見了。「這聽起來很像是藉口啦。」武田先生雖然這麼說，然而在一隻眼睛看不見的情況下，要和K-1等級的格鬥家戰鬥是多麼嚴苛，身爲外行人的我也能想像。「對方的直拳變得很模糊，就像兩

3　引退比賽當天，我一如往常的輕便打扮前往會場。在休息室碰到武田先生時，他對我說「哇，你一點氣場都沒有耶。」（笑）畢竟我本來就是沒有什麼氣場的人嘛。然後當我打完招呼打算離開時，看見了一個穿著黑色外套，氣場強大的男性與眼神銳利的年輕人前來向武田先生致意。哇，這個世上真的就是有這種氣場驚人的人呢，大概是演藝圈之類的華麗業界的人吧，我默默為之感動不已。後來我問和我一起的藤里先生，

個，所以我兩邊都會閃躲。」「這就是直覺吧。」武田先生曾經笑著這麼說。

我知道幾年前，武田先生爲了東山再起，動了手術。結果當我知道在引退比賽時他也看不見，一想到他那壯烈的格鬥家生涯，我只能啞口無言。

最後一場比賽，當然不是我（我們）期望的最佳結果，但我認爲也不是那種令人失望，最糟糕的結果。我仍舊透過觀看那場比賽，獲得某種模糊的力量，讓我覺得能夠替武田先生加油眞是太好了。

然後，我又開始思考那個問題。

對職業運動選手、格鬥家而言，最重要的事情究竟是什麼？是結果，還是讓觀眾開心呢？

我稍微理解到可能的答案，是在武田先生引退比賽的一個月後。

正好翻開的早報刊登詩人谷川俊太郎先生的訪問，谷川先生說[4]：

古池邊／青蛙跳入水／咚一聲

這句芭蕉的俳句並沒有任何訊息，甚至沒有意義，卻傳達出了什麼。

「剛剛那個氣場驚人的人是哪位呢？」「喔，那是武田先生常去的烤肉店店員啦。」世界真的很廣大呢。

4　我很喜歡谷川俊太郎先生的這段話，在很多地方都會引用。

我想他的意思是詩就是這樣的存在。讀了這篇訪問後，我首先思考起自己的工作，小說也是這麼一回事，不是嗎？我所寫的小說並沒有「請這麼活下去」的訊息，也沒有「因爲想傳達〇〇，所以我寫下這本小說」能夠一言以蔽之的主題。但是，如果說「打發時間拿來讀，好，結束。」也會有些寂寞。我內心確實祈禱著自己的小說不是這樣。我有時會希望我的小說像漠然的隕石一般，落到讀者身上。我想電影、繪畫也是一樣，之後，我又想到武田先生的比賽一定也是如此。

撐過嚴苛的練習，不斷鍛鍊自己的身體反覆踢腿，並沒有要傳達什麼訊息。沒有說「要鍛鍊身體」、「像武田幸三那樣活著」，然而抽象的「什麼」確實地傳達給我們了。

比賽入場時也是。不管哪場比賽，武田先生一定只和長江館長兩人經過走道，前往擂臺。很多選手都是在練習場的伙伴環繞之下，或是和許多訓練人員一起入場，而我非常喜歡武田先生和長江館長那樣平靜地緩緩走向擂臺的模樣。甚至曾經光看那個場景，就流下眼淚。似乎不只是我，也有其他人覺得「光看就會想哭啊。」我們總是側首不解，那到底有什麼好哭的呢？不過只是兩個人一起入場而已啊。

我想那一定也是因爲有著和訊息、意義都不一樣的「什麼」。

「不管是贏是輸，大家都成了武田幸三的支持者。」

從攝影師藤里先生開始，很多人都說的這句話，就是難以撼動的事實。而能成爲這種存在的人應該非常稀少，因此，我認爲武田幸三這位格鬥家是十分稀有的人種。

《Number PLUS》二〇一〇年四月號

三谷龍二的另一個世界

大概是是七年前左右吧，我很清楚記得「那時候的事情」。當時，我正準備長篇作品《重力小丑》的發售，和責任編輯一起在仙台車站附近的飯店酒吧裡討論事情。如今回想起來，那是部還殘留著稚拙之處的作品，不過我將（我對小說的）所有想法全部都放進去，而辭掉工作也是爲了讓這部作品以我自己能夠滿意的形式面世。內心有著淡淡的覺悟，要是這本書不成功的話，那也就這裡爲止了。不，應該沒有覺悟那麼好聽，只有恐懼而已吧。

當時酒吧櫃臺沒其他客人，責任編輯從提包取出三谷龍二先生的作品（嚴格來說，是照片）對我說，「裝幀負責人[1]讀完的瞬間，就決定要在封面上用這個了。」那是一個木雕小人偶和看似木造的背景組合起來的作品。背景是房門稍微打開的房間，而有一個小人浮在半空中，非常美麗，又充滿幻想性。然而，如果單純是美麗與幻想，我或許不會那麼感動。那個作品具

1　聽說負責本書裝幀的設計師在看到書名的時候，就表示自己很想做這本書。我還記得責任編輯笑嘻嘻地告訴我「那位設計師抄襲了松坂大輔的發言說，『在讀之前我就覺得應該很適合三谷先生的作品，讀完之後，自信就變成確信了。』」我是在酒吧第一次看到那張用在《重力小丑》的畫（的照片），真的非常感動。溫柔又堅強，可愛又強悍。我後來聽到了很多關於這個封面的意見，像是以娛樂小說的角度來看，稍嫌樸

備幻想性，同時也將我們如今生活的地方，與這個滿是辛苦、鬱悶的平凡日常牢牢地連結在一起，所以我很感激。在樸素平凡的世界裡浮現出前所未見的故事，這和我想透過小說想做的事情一樣。

回家的路上，我覺得很幸福。這時還只是一個裝幀提案，根據出版社的方針，最後或許會是別的封面。但光是一位設計師認爲「三谷先生的這個作品很適合當《重力小丑》封面。」我就覺得很幸福了。即使出版時換成別的封面，光這個事實就令我很開心。我這麼想，也跟回家的妻子這麼說。

最後的封面[2]，決定使用三谷先生的作品，不用說我當然是雀躍不已。因爲那部作品，我的知名度一下子三級跳了。當然那是我費盡千辛萬苦寫出來的小說，所以希望小說內容能夠讓讀者開心，然而爲了讓更多讀者看到無名作家的書，也的確是需要一些「魔法」。若是沒有加上超越作者、編輯的努力，和出版社花費的力氣的魔法，那就無法成功。我堅信三谷先生的作品爲七年前的《重力小丑》施加了魔法。

素，或是華麗的插畫風格不是比較顯眼嗎之類的。

2 從《重力小丑》之後，我在新潮社出版的小說，無論是單行本還是文庫，全都使用三谷先生的作品。這本雜文集的封面也是三谷先生的作品，非常感謝。

三谷先生的作品的魅力究竟是什麼？

我首先感到的是一股靜謐。時間平穩地流逝，安靜的空間。然而，那股靜謐並沒有想要逃避現實的消極氣息，或是躲在殼裡的封閉感。作品裡的人偶總是在尋找什麼、搬運什麼，前往某處，帶著意志行動。

然後是一股懷念。那和老舊，或是對故鄉的思念不同，也和田園照片有點不一樣。三谷先生的作品總是帶給我前所未見，奇妙又新鮮的光景同時，卻又令我感到懷念；也可以說是一種親切感。簡直就像每個人心底都有的風景以看得見的方式作了出來。

這次我在三谷先生《我的生活散步》中讀到：「我不喜歡生活空間太纖細。打磨過頭的感性會對於微小的聲音或異物的存在太敏感。心靈會變得狹隘拘謹。」、「試著擴大心靈之網的網洞也很重要。」

原來如此。爲了不對於異物的存在太過敏感，必須擴大心靈之網的網洞。或許正因爲是留意著不要變得太過纖細的作家，所以才能創作出「安靜的同時並不封閉」、「描述未知世界的同時，又帶著一股親切感」的作品。

在《我的生活散步》中有一篇名爲〈手〉的文章。「做出食物，做出道具和衣服的手，如今只會消費。」、「即使如此，爲了觸摸自己生存的世界，我們仍舊伸長手腕，試著直接觸摸指尖看不見的眞實。」

以手觸摸的感覺，三谷先生的作品滿溢「手感」。和人工的機械，或是電腦動畫不同，他的作品中有著「以手觸摸世界」的觸感，或許就是因爲這樣，光是看著他的作品，就會覺得觸摸到「看不見的眞實」。

我久違地拿出了《重力小丑》，再次看著它的封面。那個小人偶看似往上飛，也像是往下墜，但重要的並不是「運動的方向」。

而是那個小小的「誰」爲了確認自己的存在，爲了想辦法接觸現實社會，拚命伸長手腕也說不定。看著它的我忍不住要替它祈禱「就算只有指尖也沒關係，希望它能碰到」。我也認爲它如實地表現出我在七年前寫下那本小說的想法，「希望能夠抵達某人」的感覺。

〈剩下的人生都是休假〉自排與休假

接到「請以『Start、開始、出發』爲主題的短篇」的邀稿時，我心想如果寫成「爽朗又積極的故事」不太好。我不太會說明這麼想的理由，不過或許是我認爲小說應該要讓讀者無法掌握這是明朗還是陰暗，激起不知道是喜悅還是悲傷的感情才對。因此，可以的話，我希望能寫出一個具備「Start」感覺的同時，又隱含著陰暗的不安定感，不知道是積極還是消極的故事。我還記得我當時這麼規劃。

我在思考這篇短篇[1]時，剛好結束了一本很花力氣的長篇小說，「既然這工作結束了，那就暫時休息一陣子吧。不，在這之後也一直休息吧。休假。」這句話像是咒語般地一直在我腦中出現，結果就是篇名變成這樣。這或許是個人喜好問題吧，我很容易被「漢字」與「片假名」硬湊起來的篇名吸引。像是這本短篇集，若是有和多位作者同台演出的機會，我就會充滿鬥

1　指的是收錄在名為《Re-born》的短篇集裡〈剩下的人生都是休假〉。不過這裡雖然寫了「很多」，不過漢字+片假名的短篇篇名其實也不過就是〈透明北極熊〉和〈濱田青年真的嗎〉而已吧（笑）兩篇都收在短篇集裡，而我確實只要和其他作者出現在一本書時，就想要這麼做。

志地想「首先就從篇名來吸引讀者吧！」結果就是出現很多「漢字」和「片假名」的組合。最近我自己也發現了，也就是說在寫這篇短篇時，我相當有鬥志呢。

只是關於這個故事的詳細狀況，怎麼樣發展到現在的內容，我已經記不太清楚了。

我清楚記得的，有兩件事。一個是在這裡登場的「犯罪承包商」的人物「溝口」這個名字，是從電影導演溝口健二來的。另一個，在故事後半，登場人物說的「將排檔打入D檔」的台詞。那是我當時被每天的工作和不熟悉的育兒生活壓得喘不過氣，一想到未來的事情就覺得慌張，想要放棄一切的時候，很希望有人對我說「不要硬逼自己提起精神，只要把每天該做的事情做好，那麼就會自然前進了，不是嗎？」時脫口而出的話。自己這麼寫有點不好意思，不過到了現在，有時即將陷入恐慌時，我就會想起這句話，讓自己平靜下來。我不知道讀了這篇短篇的人會怎麼想，不過從這個角度來看，這是對我來說很重要的短篇。

最後，這個短篇出場的「溝口」因爲是個比較好寫的角色[2]，因此在另一篇短篇〈臨檢〉就以主角讓他登場了。

〈我的「Re-born」〉《實業之日本社文庫○號》二〇一〇年九月

2　我前幾天寫了名為〈超光子作戰〉的短篇，我又讓溝口他們登場了。

第十年思考的事情[1]

很久以前，我曾經在佐藤亞紀女士的部落格看到這段文章。

「小說這種藝術，是藉由不同形式來敘述Fabula時產生的運動，並且進而實現美學價值。」

「如果將Fabula定義成有規定的跑道，風格定義成擁有一定規格的車輛，那麼評價的對象就不是尚未開跑的跑道，也不是還沒出發的車子，而是開始之後，車子奔馳的狀態。」

我想所謂的Fabula就是「故事」、「Story」的意思。因爲我顯然跟不上那個單字的意思，所以沒辦法正確理解這篇文章，但我經常想起這篇文章。

前陣子，我邊走邊思考時，忽然想到小說就是這麼一回事。這或許和佐藤亞紀女士說的事情類似，也可能完全不一樣（我無法判斷），但我就寫在這裡。

1　這是為了《野性時代》的特輯所寫的文章。邀稿者說寫什麼都可以，除了我基本上不擅長寫雜文之外，腦中浮現的就是目前飼養的大鍬形蟲的事，以及這篇文章提到的事情。因為在同一期雜誌也刊登了我的訪問，接受訪問的時候，我也講了和這篇文章沒差多少的事情。結束採訪，彼此道別後，我下定決心要把這些事情寫成文章，所以慌慌張張地拜託負責的編輯說「我想把剛才提到的將讀書比喻成旅行的部分寫成文章，所我把讀書這件事替換成一場旅行，觀光、兜風都行，總之就是換成旅行。作品就是那場旅行的提供者（同行者）。

這麼一來，並排著「〇〇寺」或是「〇〇園」這種會在旅行中去的地點，觀光「行程」就是故事（劇情），文體或是敘述方式就是那場旅行所使用的交通工具種類，也就是旅行的方式。

旅行行程（劇情）充實的話，參加的人們也能獲得一定程度的滿足。旅行結束後，也能容易地說出「那座城很棒」、「遊河眞是太有趣了」、「最後如果能去那座湖就更好了」、「光是寺廟實在很單調」等等感想。

像是娛樂小說，最理想的狀況就是能夠順利在滿是觀光勝地的行程上移動。搭乘觀光巴士，完全不塞車，大小事都交給導遊。然後導遊這麼介紹「請看右手邊，那是標高XX公尺，以紅葉聞名的〇〇山。」一點壓力也沒有，又輕鬆。搭乘跑車快速地奔馳在觀光勝地之間也很痛快。這種情況之下，旅行後會以在觀光地點的感想爲主，對於交通工具應該不會有什麼特別感想。（不過或許有人會覺得巴士導遊小姐很漂亮也說不定）也就是說，這

以訪問可以拿掉這個部分嗎？」過了一陣子，我收到了對方說「和撰寫者確認過後，沒有問題！」的回覆，真是太感謝他們了。撰寫者的臨機應變，或者該說是思考柔軟的程度，令我更加尊敬對方了。

2　「劇情」與「故事的述說方法」兩者並無優劣之分，而是同樣重要。就像音樂，不管是歌詞或演奏都不可偏重其中一方，而是根據雙方融合程度來決定精不精采。雖然不喜歡歌詞，演奏很棒；也有相反的狀況，我

種情況下，「說故事的方法」不過是走完「劇情」的移動手段。

另一方面，也有不搭車的方法，像是自行車旅行。參加者自己踩著踏板，在坡道上有時從座墊抬起屁股搖晃身體，有時下來推車前進。當然也有徒步旅行了。和搭車出門時的速度完全不一樣，參加者也得付出相應的勞力。可以走的行程當然也會有所限制。長距離不可能，想必也無法逛太多的觀光名勝。這種類型的旅行後感想應該會以緩緩前進時，品味到的景色細節、天色的變化爲主吧。我覺得稱爲純文學的作品就是這樣的旅行。也就是說劇情並非重要的元素（我並不是說完全不需要），可以說「行程很無聊，但是旅行本身很有趣」。

當然，問題並不在於哪一種旅行比較優秀。[2]

一旦這麼想，很容易陷入「憑己力騎自行車，並且具有能品味景色的感性」這種樸素旅行比較高級，以及這種旅行提供者的難度比較高——但不見得如此。這種情況之下，如果以自行車走無聊的行程，也很可能會自暴自棄地覺得「之所以無法享受這種行程，那是因爲參加者的肌肉不夠，以及品味

想小說也一樣。只是我有時會想如果演奏很帥的話，其實我不會在意歌，所以才會比較喜歡那種小說吧。不過我也覺得很多人判斷有不有趣時，會把重點放在「劇情」。但「故事的述說方法」也很重要喔，我多少也想替它加油一下。

方法有問題。」

更進一步來說，要準備「舒適的巴士旅行」（徹底作爲一部娛樂小說）並不簡單。如果對象是熟悉旅行的人，那麼令他們感到失望，覺得「淨是去過的觀光名勝」可能性也很高。必須挑選充滿魅力的觀光地點，思考前往的順序，精心提供的行程（劇情）才行。

我經常在讀小說的時候（參加旅行），毫不在意本來應該是自行車旅行的行程，而是用搭乘觀光巴士的態度在享受作品。若有人覺得「怎麼都沒去什麼觀光名勝，眞無聊」，或是明明就是觀光巴士之旅，卻完全無法享受景色，只想著「每座廟看起來都差不多」，還會講一些跟歪理沒差別的感想，像「沒有憑自己力量完成旅行的成就感」。這或許是身爲享受旅行的人搞錯狀況也說不定。

思考到這裡，我問我自己「究竟想要提供什麼樣的旅行？」我還找不出答案。我覺得我的體內有著「提供刺激有趣的觀光行程，讓參加者開心」的自己，與「即使沒去任何觀光名勝，還是能讓參加者覺得有趣」的自己。

（不限這個狀況，絕大部分時候，我的體內都有「兩個我」。）

對其他人來說或許是理所當然的事情，不過我在出道第十年終於有點開始理解這件事情了。我無法想像下一個十年，我會思考什麼，察覺什麼，不過我希望我能努力（首先要保持健康）到那個時候。

《野性時代》二〇一〇年十一月號

我的底牌

二〇一〇年，我出版了三本書（小說）。不管從哪個角度來看，都是簡單易讀的故事（不過我的書基本上都是簡單易讀的。）

目前正在執筆中，沒有連載的《夜之國的庫帕》[1]遇到各式各樣的狀況，不過應該是借用貓的視角來講述的架空國度故事。不管從哪個角度來看，都會變成沒有那麼好讀（符合我自己喜好）的作品。

此外，雖然還不確定時間，不過我會在朝日新聞的晚報開始新連載[2]。這邊應該會是借用私家車視角的故事，還不知道是不是簡單易讀的故事，但我希望寫個快樂的故事。

最後，在二〇一〇年的十二月（也就是《這本推理了不起！》出版之後）會由新潮社出版雜文集[3]。

1　其實這個時候，原稿還沒完成。我卡住了，重寫好多次。這是我唯一一本跨越震災期間所寫的小說，這件事情也替故事帶來了很大的影響。

2　這是後來的《汽油生活》。當初本來想寫成認真面對「自我是什麼」、「機械會講話是怎麼一回事」的主題，有點難懂的故事。但是因為發生了震災，我重新思考後，覺得原先的構想太過自以為是，易讀快樂的故事比較好，所以變成了現在的內容。

《這本推理小說了不起！》二〇一一年版

3 就是十週年紀念的本作，到文庫版就是十五週年紀念，時間過好快。

2011年

兔・子的故事[1]

動物經常會出現在民間故事、童話裡，兔子也不例外。其中最具代表性的，或許是龜兔賽跑的兔子，不過我經常想起來的是「咔嚓咔嚓山」。邪惡狸貓凌虐了老奶奶，知道這件事情的兔子決定爲老奶奶復仇。小時候的我，對於兔子以泥船作戰懲罰狸貓這件事很痛快。不過最近我開始在意起其他情節，就是當兔子以打火石點燃狸貓背在背上的枯草時。

狸貓那時問兔子，「後面傳來了咔嚓咔嚓的聲音，是怎麼回事？」兔子沉著地撒了謊，「那是咔嚓咔嚓山的咔嚓咔嚓鳥在叫啦。」當枯草開始燃燒起來時，狸貓問說，「我聽到批哩批哩的聲音，是怎麼回事？」兔子若無其事地回答，「那是批哩批哩山的批哩批哩鳥在叫。」狸貓相信了兔子，結果背部遭到嚴重燙傷。

我以前覺得狸貓居然相信這種破綻百出的理由，未免太愚蠢，不過現在

1　每年都很辛苦的「生肖雜文」（笑）把我的底牌掀開之後，會發現我的生肖雜文有幾種固定模式。使用「那種動物的小知識」、「那種動物登場的童話」、「和那種動物有關的諺語」，然後以冷笑話、雙關語結尾。雖然我不是刻意這麼做，不過回頭一看，我只會這麼做（笑）這一年是「動物登場的童話」。到了這裡，我抱著「好，我一定要把十二生肖全都寫完！」的心情寫下這篇文章的。我還記得附近鄰居讀了前年出

想法有點改變了。

我開始認爲人類就是只要能聽到說明，就容易感到安心的生物。

我們總是追求著說明。發生可怕的案件，就希望有人爲我們說明犯人的動機；天候異常的時候，希望有人告訴我們理由。也就是說，只要有個還算像樣的說明，我們就能接受。

我有時候會看到「不知道對方是已婚者，而和對方交往的女性」，或是「參與一看就知道是荒唐無稽的投資，遭到重大損失的人」的報導。爲什麼會相信這種事情呢，這樣講很簡單，但我覺得這也是欠缺一點想像力。如果不是在非常多疑的狀態，人類通常會接受對方說明的內容。

當我還是上班族的時候，聽到「因爲你很優秀，所以把你調來這個部門」的說明時，心情會很好。然而實際上是我還是新人，所以加班費比較便宜，知道原來是這樣時，當時眞是大受打擊。接受說明這種事情，也是有好有壞。

我把寫到這裡的原稿寄給記者後，對方打了電話來，問我「伊坂先生，

版的這本雜文集之後，擔心地問我「你今年能不能寫出生肖雜文呢？」（笑）

這篇文章到底想說什麼？」

「我想警惕讀者不要對別人的說明囫圇吞棗，以免遭到詐騙。」我隨口這麼說，記者聽完便說了冷笑話，「原來如此，所以是囫圇吞棗和詐欺，組合成了兔子嗎？（譯註）」

中日新聞（晚報）二〇一一年一月五日

譯註：囫圇吞棗的日文是鵜呑み（unomi），詐騙的日文是詐欺（sagi），伊坂在此將unomi的u和sagi組合起來，便成了usagi（兔子）。

人氣作家54人大問卷！

「二〇一〇年印象最深刻的書」

《手槍》阿部和重[1]

擁有文學本該具備的氣派，還融合了現代性，傑作。我甘拜下風。

《火焰流動的彼方》船戶與一

《甦醒的腦髓》逢坂剛

睽違十多年重讀，還是非常有趣。

《大英博物館倒下了》大衛·洛吉（David Lodge）

輕快易讀的同時，內容非常扎實，讀來十分享受。

「二〇一〇年印象最深刻的事情」

出道已經經過十年。雖然沒有實際感受，但確實鬆了口氣。

1 讀完《手槍》之後，我第一次見到阿部先生，兩人一見如故。我們當時討論說一起合作點什麼吧，沒想到後來真的合作了《雷霆隊長》。

「二〇一一年的預定」

預計會由東京創元社出版長篇小說《夜之國的庫帕》。

也會開始連載新的報紙小說。此外，也開始著手《死神的精確度》的續集[2]，以及其他幾個新計畫，不過還不確定會怎麼樣。

《活字俱樂部》二〇一一年冬季號

2　這是《死神的浮力》。因為就算寫成短篇，還是會給人系列作的感覺，我不喜歡這樣，所以一開始就覺得要寫成長篇小說。

《殺手打帶跑》勞倫斯・卜洛克 解說[1]

系列第一作《殺手》的譯者解說中，田口俊樹先生針對殺手凱勒系列這麼說，「說難聽一點，這部作品的故事本身，實在沒有什麼可以說的。」、「但你問我很無聊嗎？絕對沒有這回事。」

「正是如此。」我用力點頭附和，因爲這點才是這個系列的魅力。

如果將故事抽出來看，確實是「沒有什麼太多可以說的」。然而，我想請你好好想一想，這部作品的主角是殺手。「殺手」就是將「奪走無可取代的性命」這件事情當成職業的人。應該沒有比這種人更恐怖，更戲劇化的人物了吧。也就是說只要「殺手」登場，故事就會伴隨著懸疑和動作，自然產生高潮。然而，凱勒系列卻變成了「沒有什麼可以說的故事」。這說法聽來矛盾，但這絕對不是「沒有什麼可以說的故事」所造成的。

1　我基本上不接受解說邀稿。不過我決定如果是打海文三先生、佐藤哲也先生的作品，以及勞倫斯・卜洛克的殺手系列的話，我就會答應。當時接到邀稿時，心想終於來了。只是之後除非有什麼大事，我不會再接受解說的工作了。

或許正因爲如此，當我思考凱勒系列的魅力何在時，總會忍不住思考「對於小說來說，劇情（故事）到底背負了什麼任務？」

故事當然是重要元素。以歌曲比喻就是旋律。擁有優美旋律、令人心情愉悅旋律的歌曲，自然討人喜歡，容易廣爲傳播。故事有趣的小說也有可能吸引很多人閱讀（或許是因爲故事的有趣之處比較容易說明）

然而，小說絕對不只是由故事構成而已。就像音樂的魅力也不光只有旋律，還有節奏、聲音、演奏的熱情。小說也是如此，故事之外，還有說故事的方法、文筆的風格、角色對話的幽默，還有和故事沒有直接關連的角色布局等等的混合，才能創造出作品。畢竟旋律令人印象深刻的歌曲很快就聽膩的實際情況也是有的。

殺手凱勒的故事正如我先前所述，並不是非常精緻。雖然也有一些轉折或是逆轉，但我怎麼樣都不認爲那是主軸。說到故事中凱勒的行動，也就是接下桃兒的委託，爲了完成殺人的工作前往紐約，殺害目標。大致上就只有這樣。雖然也發生搞錯人，被委託出乎意料的工作等等有趣的事情，但佔故事絕大篇幅的卻是，凱勒到下手前的日常生活。幾乎就是調查目標、爲自己的集郵收藏物色新品、和某人談話、沉溺於思索之類的場面。動手殺人的場面大概都只有兩行就交代完了，但殺手思考「是不是應該修改市話的密碼呢，該怎麼做呢？」的部分卻佔了將近四頁。

眞的就是「沒什麼可以說的故事」同時，卻也是前所未見的小說。

「故事」就像將讀者一直推向前去的引擎，從這個角度來看，凱勒系列或許是沒有安裝引擎的滑翔機。（雖然這麼比喻，不過我沒搭過滑翔機）

感受著從上空緩緩吹來的風，打轉（我不知道滑翔機到底會不會打轉）慢慢下降（應該是這樣吧）沒有引擎，所以不知道何時才能抵達目的地，可是這樣很無聊嗎？絕對不是！從那架滑翔機看到的景色，眞的非常美妙，比起到達目的地（比起享受故事），享受那趟飛行更讓人幸福。不過會有人圖早點抵達目的地而搭乘滑翔機嗎？

因此，每次讀凱勒系列的時候，我總會覺得就這樣沒看完也沒關係。沒有明快的故事，也和容易理解的感動無緣，更進一步說，這系列沒有細緻描寫人心的幽微，也沒有呈現出人類的苦惱。當讀者開始覺得某個角色說不定是個好人的時候，就會毫無徵兆地遭到凱勒殺害，所以也無法產生移情作用。「爲什麼要殺人呢？」感到悲傷之後，「仔細想想，他可是殺手啊，這不是理所當然嗎？」我總是對自己這麼說。然而，整個故事卻散發出一股幸福的悠閒氣氛，讓我無法討厭凱勒，不如說變得更喜歡他了。

接下來，終於要談到本作《殺手打帶跑》[2]了。在這之前，我還必須再提一下四年前出版的《殺人排行榜》。

談論我的私事非常抱歉，不過當時，我正好出版了名爲《Golden Slumbers：宅配男與披頭四搖籃曲》的長篇小說。擔任宅配司機的男人，被冤枉爲在遊行中刺殺首相的犯人，在仙台市內四處逃竄。而那時候因爲出版日期相去不遠，而在書店裡並排在一起的正是《殺手排行榜》，我當然也是馬上出手買下。雖然是連作短篇集，不過還是可以和過往的作品一樣，當成描寫殺手凱勒的生活與工作、心情變化的「長篇」作品來讀。（人的一生，

2　我真的非常喜歡「殺手凱勒」，人物的對話風格也受到很大影響。這本《最後的工作》（譯註：本書在日本的書名是《殺手：最後的工作》。）也確實超級精采。只是就在前陣子，這系列又出版了新作，再也不是「最後的工作」了（笑）

乍看是每天短短發生的事情累積而成，但本質上和長篇故事應該沒差別。）

九一一事件對凱勒的精神造成了輕微影響（這個「輕微」的程度，非常絕妙）。凱勒去雙子星大廈的原址當送餐給救援人員食物的義工，對自己的殺手工作也產生了疑問。沒有引擎的滑翔機魅力絲毫未減，雖然平淡，卻仍充滿幽默感，我讀得著迷不已。「我之後眞的可能寫出這樣的小說嗎？」我滿懷憧憬地嘆了口氣。

然而，正文後的譯者解說讓我嚇了一跳。

文中介紹了凱勒在美國的最新作品。

決定洗手不幹的凱勒系列接到某個委託，打算將它當成退休前的最後一票（其實這個委託是個陷阱，要設計凱勒成爲愛荷華州州長刺殺案的代罪羔羊，凱勒落入陷阱，遭到全國通緝……）

這簡直就和我當時剛出版的《Golden Slumbers：宅配男與披頭四搖籃曲》的大綱重疊了。當然「被設計成大案件的代罪羔羊，只能逃亡」的「逃亡者」的故事，基本上就是娛樂作品的主流（因此我才會嘗試撰寫這樣的作品），我不是對於同樣的想法感到驚訝，而是一想到勞倫斯・卜洛克在同時期，寫了同樣大綱的故事，我就雀躍不已。這就像是分隔兩地的人寫了同一份作業一樣（我已經交出來了，你呢？）

我原本就受到勞倫斯・卜洛克很大的影響。[3] 這次重讀凱勒系列，發現許多令我大感驚訝的地方，像是「原來我是模仿這裡的嗎？」、「原來那部作品的靈感是從凱勒的台詞來的嗎？」有很明顯就是模仿的部分，也有偶然寫出的雷同部分。現在回想起來，在寫《重力小丑》時，我腦裡或許有個角落就是想著「想用勞倫斯・卜洛克風格的對話來寫家人感情的故事。」雖然這樣講很厚臉皮，但是我覺得「這位作家思考的事情和我一樣。」（卜洛克在紐約，而我在仙台。）因此，兩者的大綱重疊實在令我非常欣喜。（其實就連本作中出現了「奧杜邦公園」，都讓我很高興。因爲我的出道作就是《奧杜邦的祈禱》。）

只是讀了《殺手排行榜》的解說後，我驚訝的不只是和我自己的作品有相似處而已，而是對於別的事情更加激動、興奮不已。

3　勞倫斯・卜洛克先生來日本的時候，我和他見了面，也見到了譯者田口俊樹先生，那真是永生難忘的回憶。只是當時，因為不會說英文無法將我全部的想法傳達出去，還是有些寂寞啊。

讀了大綱介紹後，我第一個想法是「終於裝上引擎了嗎？」

就像我前面所寫的，凱勒系列雖然有殺手登場，但故事全體的懸疑和動作成分並不高。像是沒有引擎的滑翔機風格是這系列的魅力所在。因此系列最新作搭載了「主角遭到冤枉只能逃亡」的主流引擎，我不可能不感興趣的。當然，只要勞倫斯．卜洛克願意，絕對能寫出「裝上引擎，一路推進故事」的作品。只要讀馬修．史卡德系列的《到墳場的車票》、《屠宰場之舞》就知道我所言非虛。也就是說，凱勒系列並不是不能搭載引擎，而是刻意不裝上去。而系列最新作搭載了故事這個引擎。從譯者田口先生寫的劇情大綱來看，只能這麼想了。那到底會變成怎麼樣的作品呢，我很興奮，夢想著能夠讀到這部作品的日子到來。

而我朝思暮想的那本書就是你現在拿在手上的《殺手打帶跑》。過四年，終於能讀到它，我感慨不已。

從這裡開始，我就不多加說明這次的故事梗概了，因爲各位讀了就知道。一開始是凱勒和集郵店老闆的對話場面，雖然氣氛一如以往的作品，但是透過聽著廣播的老闆「發生大事了」的這句台詞，整個故事的引擎發動了。彷彿可以聽到噗嚕嚕的聲音響起，接著是至今爲止的凱勒系列難以想像的快速展開。

不過，當然沒有變成普通的懸疑小說，也沒有變成冒險小說。雖然說裝上了引擎，但是卜洛克果然還是沒有加速引擎，一路往目的地前進。以爲故事就要這麼氣勢洶洶地繼續下去時，引擎忽然停止，又回到滑翔機狀態，讓你享受完周遭景色後，引擎再次發動。以爲就要加速了，結果是悠悠哉哉地往前飛去。這真是太奢侈了。即使搭載了引擎，使用了朗朗上口的旋律，但凱勒仍然是凱勒。

從系列讀者的角度來看，無法和桃兒取得聯絡的場面充滿難以言喻的不安和悲傷，冒著危險也要回家的動機，充滿「說服力」（我看得笑容滿面）很是佩服。從這點來看，可以的話，還是建議大家至少讀過之前的任何一本系列作比較好。第一本也可以，或者是提到在本書中挑逗凱勒的男人艾爾的前作《殺手排行榜》也行。總之，在品嚐了沒有搭載引擎的凱勒作品後，再來讀這本新作絕對樂趣倍增。

我不會告訴大家這本新作的最後凱勒怎麼了（當然）只是到底誰想得到在高爾夫球場上出現那麼不尋常的對決場面呢？就算想到了，恐怕不會眞的寫出來。我不知道將重點放在故事上的讀者會有什麼感想，但我個人非常滿足。

最後，請讓我引用卜洛克在他教導小說創作的書（《卜洛克的小說學堂》）中一段話。認眞又謙虛——正因爲他是這樣的作家，才會創造出如此惹人喜愛的殺手吧。

「讓我永懷感恩之心，主啊，我是個作家。我現在的工作，就是我畢生的心願。我不需要誰的准許。只要有工具，只要有題材，我就要一直寫下去。謝謝祢這麼多的幫助。」

《殺手打帶跑》勞倫斯・卜洛克（田口俊樹譯）二見文庫二〇一一年九月

我的底牌

今年二〇一一年，我睽違十年地沒有出版新書[1]。二〇一二年，如果按照預定的話，一月仙台的出版社荒蝦夷會出版我在雜誌《仙台學》連載雜文的單行本[2]。裡面也會收錄特別加寫的短篇小說。

除此之外，在講談社雜誌《群像》[3]上刊載的中篇小說〈PK〉和〈超人〉也有出版單行本的預定。應該就是在春天左右吧。

（我覺得應該）花了兩年左右終於完成的《夜之國的庫帕》或許會在五月的時候出版。雖說花了兩年，但並不是厚重的作品。

《這本推理小說了不起！》二〇一二年版

1　這是發生震災的那年。這年沒出版新書的原因是我在寫《夜之國的庫帕》。作品難產很久。我一度將寫好的每一章用釘書機釘起來再將時序打散，煩惱著到底該用何種時序，讀者才會讀得開心。

2　這是《仙台生活》。因為這是專為仙台寫的書，我原本沒出文庫的打算，不過因為各種原因（也不是什麼了不起）在二〇一五年出版了。

3　我很憧憬純文學，所以很害怕在文藝雜誌上刊登作品。我還記得震災後，連瓦斯都還無法使用時，《群像》就孤伶伶地寄來我家了。

2012年

龍之私生子（譯註）的記憶 1

因爲二〇一二年的生肖，我讀了《龍之子太郎》這本繪本。故事描述主角獲得了來自天狗的力量，打退了紅鬼、黑鬼，再次見到被變成龍的母親的大冒險。故事最後是母親以龍的模樣撞上山的場景。爲了開拓土地，創造出豐饒的村莊，即使奄奄一息也不斷撞山的模樣，令人揪心。而紅鬼喊著「喂，太郎，我來幫忙了！」再次登場的段落，也讓人非常感動。在震災後，我內心多次湧起和這種心情類似的感受。

在仙台市的受災狀況中，我家的情況並不是太嚴重。和遭遇重創的人相比，甚至可以說平安無事。然而即使如此，我還是戰戰兢兢、恐懼不已。維生管線被切斷，日常生活消失無蹤，不知道食物究竟夠不夠吃感到不安，讓我狼狽不已。

現在回想起來，我只覺得非常丟臉，不覺得自己有資格談論震災。然而，和沒出息的我完全相反的是，當時有許多人比起自身狀況，更努力地爲了他人而奮鬥。連自己的雙親安危都還無法確認，就前往職場的公務員朋友；沒有休息，連續數天在街頭奔走的郵局員工；在給水處的隊伍最前面一直幫忙的鄰居大叔等等。

「你不是都沒睡嗎，沒問題嗎？」這麼一問，他們便苦笑回答說，「當然有問題啊。」但是我從很多人身上都感受到了，先不管有沒有問題，總之現在一定要做這些事的想法。

好不容易終於恢復供電，我打開電視一看，畫面上不時出現核能外洩事故的新聞，報導中不斷提到「要小心不要淋到雨」，然而往外一看，許多看似從外縣市前來的人們正在雨中進行復舊工作。我不知道什麼才是正確的，陷入了混亂。

譯註：海馬的日文直譯就是龍的私生子。

1　又是照慣例，比任何工作都麻煩的「生肖雜文」（笑）不過這年確實有東西可以寫。因為震災，導致所有維生管都被切斷時，真的受到了許多人的幫助，我想要老實寫下這個事實，所以在所有的生肖雜文中，這篇內容非常嚴肅認真。

然而，就像龍之子太郎與母親那樣，許多人活躍著，甚至彷彿是喊著「我來幫忙了！」奔跑前來的紅鬼一般，受災地之外的人們支持，我們才能夠一點一滴地回到日常生活，我內心只有滿滿的感謝之意。

《龍之子太郎》最後這麼結束。

「人們進行祭祀、耕種家鄉田地，幸福地生活著。」

這雖然是民間故事必備的結語，然而到了現在，卻搖身一變為魅力四射的一句話。要將「幸福地生活著」這句話化為現實，實在是太困難了啊。

根據諺語或民間傳說，龍經常代表著「英雄」或是「強大的力量」。因此，或許我們每一個人都必須化身成龍，努力創造出接下來的生活才是。

但是，要擔負龍的任務也確實有些吃力。就像「龍盤虎踞」這句話一樣，盤起來徹底發揮力量的龍的任務，還是必須依賴政治、行政；身為一般人的我們，並不是龍，而是處在龍之子的立場吧？

正當我想到這裡，忽然想到「名為『龍私生子』的生物」。我查了一下龍私生子資料，原來牠們別稱是「海馬」[2]，這令我豁然開朗。我們的身體裡、大腦裡，不也有相同名稱的部位嗎？和記憶有關的器官——海馬。記住一件事，絕不會忘記，或許也是龍的重要力量。

中日新聞（晚報）二〇一二年一月十九日

2 查了龍私生子的事情，我發現可以從「海馬」連結到記憶的題材，興奮地覺得這會是很棒的結尾，不過一定早就有人寫過同樣的事情了吧。

我的底牌＆二〇一二年的 No.1

二〇一二年十二月（《這本推理小說了不起！》出版的時候），集英社出版的《剩下的人生都是休假》[1]應該已經發售了。這本書收錄了隔個一兩年就寫一篇的短篇小說，不過成書一看，發現變成一個長篇故事了。我想會是一個快樂的故事。

二〇一三年，朝日新聞連載的《汽油生活》預定在春天左右出版。沒有連載的長篇作品《死神的浮力》與《不然你搬去火星啊？》[2]（從標題看起來很像是科幻小說，但很抱歉，並不是。）如果能順利在文藝春秋與光文社出版就太好了。

還有一件事，兩年前開始，我就在進行另外一本長篇作品。不過那篇作品是眞正的底牌，還不確定二〇一三年能不能曝光。

今年讀過的書裡面，島田莊司的《惡魔島幻想》[3]非常好看。不過這不

1　本來我沒有打算出版單行本的。因為我一直覺得短篇小說本來就沒有一定要成書的必要性，不過後來我覺得這種快樂的故事應該也有其價值吧，所以還是決定出版了。

2　實際出版是二〇一五年的事情了（笑）和責任編輯第一次見面到寫出來，花了超過十年的時間，簡直就像是超越時空寫成的一本書。

是讀完之後，可以和其他人愉快交換意見的作品。這是推理小說嗎，是推理小說沒錯，不過找遍全世界，一定也找不出第二本和它一樣的推理小說。如果它就像雷納多．阿里納斯（Reinaldo Arenas）的《眼花繚亂的世界》，或是莫言的《生死疲勞》那種，只要能分類到什麼都好（只要是我喜歡的類型）的小說的話，那我也會舒坦一點，但偏偏也不是這樣的小說。這種故事如果要很有邏輯地加以說明，只能說是非常奇特異常。而且作品中還加入了解析「恐龍爲何滅絕？」的論文。這篇論文的說服力讓我很感動，就像讀霍根的《星辰的繼承者》時，感到眩目不已。如果有人會想那麼這篇論文和劇情有什麼關係的話……很遺憾，你和我一樣都是平凡人。對小說來說，那些事情根本不重要。

《這本推理小說了不起！》二〇一三年版

3　我這時候還沒見過島田莊司先生，對我來說他幾乎和想像的人物沒有兩樣。「孫悟空、土龍、島田莊司」的感覺（笑）

2013年

有時候會捲起來

「龍年的下一年就是蛇年，這應該有什麼意義吧？」

負責這篇文章的記者問我，「和四字成語的『龍頭蛇尾』[1]有關嗎？」

如果回答不知道會很令人懊惱，所以我說出當時的念頭，「像龍一樣行徑囂張的人，一定很快就像蛇一樣變小變落魄了，不是常有這種事嗎？」

我這不是隨口胡謅的。我想起自己十幾歲的時候，報紙上出現「世界恐慌」的字眼。那是稱作黑色星期一（譯註）的事件，當時我還是高中生，卻也是滿臉蒼白地想，「可怕的事情要發生了。」

大概是父親說的吧：

「忽然發生的事情，通常很快就會就恢復正常了。」

也就是說，突然一炮而紅的人，馬上就從大眾視野裡消失；或是賺了快

1　這次是四字成語的模式呢（笑）發現龍年的隔年就是蛇年可以和「龍頭蛇尾」連起來的瞬間，我內心激動不已，覺得「這個可以寫！」結果還是完全寫不出來（苦笑）不過以我的風格來說，這次的內容要說是相當嚴肅嗎，總之就是想把內心模糊的恐懼寫出來。

錢的公司很快就倒閉；或是急性胃炎沒多久就治好等等的現象。

實際上當時也沒有發生世界經濟崩壞的事情。「比起急速崩壞，可能的狀況是股價慢慢下跌，再也沒辦法回升吧。」父親這麼說。

比起轟！（像是龍噴出烈火）的劇烈變化，慢慢的、慢慢的（像是蛇在地面爬行）變化比較恐怖。

這時，我驚覺龍年的下一年是蛇年，但若以蛇年爲起點，那麼可以當成蛇花了十一年變成了龍。

我對記者這麼說，「蛇慢慢成長、變成龍的情況非常棘手。因爲是慢慢成長的關係，沒辦法即刻消失。」

「對了，對伊坂先生來說，什麼東西算是恐怖的龍呢？」

我思考了一下，腦中浮現的內容——實在太過典型，眞是不好意思——是「死亡與戰爭」。被猛然一問的我，最害怕的就是這兩件事。

譯註：一九八七年十月十九日的股災，當日全球股市在紐約道瓊斯工業平均指數帶頭暴跌下全面大跌，引發金融危機，及隨之而來八〇年代末的經濟衰退。

就像是蛇反覆著蛻皮，不知何時化成了巨大的龍，人們的不安與不滿也是慢慢膨脹，我想像著這些情緒和帶著火藥味的可怕事情連結在一起。如果是突如其來發生的事物也罷，緩緩產生的事物，絕不可能簡單消失的。

這或許和無聲無息惡化的疾病進展到身體出現可見的症狀時，已經太晚了，是同樣可怕的狀況。

十一年後的龍年會如何，我完全無法想像。但我們也不是「只會隨波逐流的蛇尾巴」。爲了不讓這個社會化身爲難以收拾的巨龍，我們一定能捲起身子回過頭走之前踏過的路吧。

我講到這裡，記者說，「難得的新年，寫一些開心一點的事情吧。」既然如此，我提起剛讀完的書《蛇：日本的蛇信仰》（吉野裕子著）。「據說新年的鏡餅，就是表現出蛇捲起身子的樣子喔，『鏡』（kagami）的發音也有『蛇身』之意。怎麼樣，很適合新年拿出來講吧。」

「雖然很有趣，但和剛剛的事情一點關係都沒有，你這個就是大家說的

『畫蛇添足』[2]啦。」

中日新聞（晚報）二〇一三年一月十日

2 這年的開頭是諺語，然後介紹了別人的冷笑話，最後再以自己的冷笑話結束，這在「生肖雜文界」（沒有這種界）裡，算是相當高明的技巧（笑）就像是奧運的單槓項目一樣，「喔，一開始先是諺語」、「這裡則是冷笑話」、「啊，這裡又來了一次冷笑話」大概是這種感覺。

人氣作家54人大問卷！

「二〇一二年印象最深刻的書」

怎麼說都是島田莊司先生的《惡魔島幻想》吧，太棒了。橫山秀夫先生的《64》也讀得很享受。然後是朋友推薦我的，後藤明生先生的《夾擊》[1]很精采，令我很激動。

「二〇一三年的預定」

在朝日新聞連載的長篇《汽油生活》，將由朝日新聞出版在春天發售。此外，也會公布已經完成的未經連載作品。

《KATSUKURA》二〇一三年冬季號

1　建議我讀這本書的是阿部和重先生。我跟他說我沒有讀過後藤明生的作品，他就說「很希望你讀呢，我受到他很大的影響。」所以我就讀了，真的非常精采，讓我很興奮。這時候正好在構思《雷霆隊長》的劇情，所以大概以三個月左右的頻率和阿部先生見面討論。

豐饒廣大的島田山脈入口[1]

為了引用在自己的小說中，我在網路上調查音樂人弗蘭克・扎帕（Frank Zappa）的資料，發現到處都有人使用「扎帕山脈」的說法。扎帕有非常多張專輯，而且每張風格都差異甚大，其中還有一些宛如高山一般難纏的作品。對剛入門的人而言，很可能根本不知道該從哪裡開始攀登，所以大家才會想用這樣的說法吧。

島田莊司的作品或許也應該稱作島田山脈。我在維基百科上查了之後，數了一下，長短篇加起來將近八十部。如果有人猶豫著不知道該從哪裡開始爬起，一點也不奇怪。

因此，我要為之後的島田讀者推薦我選出的十部作品。

首先是短篇集《御手洗潔的舞蹈》。我其實喜歡長篇小說遠勝過短篇小說，然而御手洗系列的短篇也非常精采。在石岡和名偵探御手洗潔的對話

1　「終於到了可以寫這個題目的時候了！」使出渾身解數的一篇文章（笑）我在這本雜文中反覆提到我超級喜歡島田莊司先生的作品。讀完《惡魔島幻想》後，我感覺島田先生愈來愈厲害，總之就是希望更多人都來讀島田作品，所以拚命地寫了這篇文章。不過之後，我總覺得有人會因為我沒有選《占星術殺人事件》感到失望，這點我也希望大家能夠理解。

中——不，與其說是對話，根本是御手洗潔單方面的演說而已，從中可以享受著御手洗潔對於社會和歷史的分析，還有謎團和精采的解謎。而且，島田作品中的「謎團」非常特殊。像是這本短篇集收錄的〈戴禮帽的伊卡洛斯〉：「一名畫出有人在空中飛翔的畫家，被電線桿的電線纏住死亡。而他之所以會死，只可能是因為他正在飛翔。」這樣的謎團眞不知道該說是幻想，還是怪奇，充滿獨創性。還有，同時間奔馳的電車卻夾住了人類的手腕。完全無法理解。然後這個莫名其妙的謎團在故事後半段獲得解決。御手洗潔冷淡地說著「啊，我知道了。」一臉麻煩地開始解謎。「這不是超有趣的嗎？」我都要激動起來了。其他收錄的〈某騎士的故事〉和〈舞蹈病〉也都十分有趣，不過我要在這裡特別介紹一下，怎麼看都像是服務讀者的小品作〈近況報告〉。正如篇名所述，這是石岡向支持者介紹御手洗潔近況而已，不過就連這樣的內容都充滿魅力。御手洗潔在世界地圖上並排著十圓硬幣，問石岡說，「你知道這個意味著什麼嗎？」接著說起籠罩世界的現狀。關於基因和戰爭，他以嘲諷的語氣說，「所謂疾病，還有戰爭，毒品、進化，到底是什麼呢？」雖然只是進一步地提供了溫暖人心的御手洗插曲，不過就連這些瑣碎的插曲都會加入謎團和解謎。可以品嚐到「就算沒有大案件，也很有趣」的島田莊司作品魅力。當然，我再怎麼樣也不會說這篇小品是島田莊司作品的最高峰！我只是想傳達就算只是島田山脈角落的低矮丘陵，爬了也絕對不吃虧。

那麼，島田莊司的眞正本領到底在哪裡呢？如果要說島田山脈的高峰，可稱之爲島田連峰的，那麼就是從九〇年代初到九〇年代中發表的一連串御手洗潔超級長篇作品吧。這裡我就先列出《黑暗坡的食人樹》、《水晶金字塔》、《異位》。每年一本，從夏天到秋天，這般大作會並排陳列在書列，令我歡喜不已。這些都是御手洗潔和石岡和己的大冒險，兩人果敢面對各式各樣的巨大謎團，不管哪一本都超級好看。對了，關於《異位》中那個巨大謎團「臉爛掉的怪物」的眞面目，我在故事一半就看穿了。不過這不是我的推理能力特別優秀，而是在成爲島田讀者之前，我就讀過相關的報導文學作品。因此只是從這本書取用的題材和那個題材的名稱那裡得到答案而已。

（爲了不透露劇情，只好用這種曖昧的說法，非常抱歉。）只是會因爲已經預測到眞相，整本小說就不好看了嗎？不，完全相反，有趣程度絲毫沒有降低。甚至可以說謎團複雜的程度增加了。就算知道了眞相，繼續往下讀的時候，還是懷疑說不定眞的有怪物存在。

是的，正是如此，島田莊司擁有讓讀者認爲「怪物眞的存在」的力量。

根據島田莊司提出的理論，本格推理小說需要的有兩件事。一是「巨大，詩意的謎團」以及「能夠合理解釋謎團的邏輯（說明）」。只要有這兩者，並且兩者之間的落差愈大，那麼本格推理小說的光芒也就愈加閃亮。

然而，絕對不是只要實踐這個理論，任何人都能寫出島田風格的作品。其中一個祕密就在於「演出力」。島田莊司具備了將「充滿魅力的謎團」變得更有魅力，以及讓讀者將脫離現實的謎團信以爲眞的力量。我認爲當中有部分是技巧問題，不過主要是美感、以及能夠全面分析各種傳說、科學知識的能力，加上寫作上猶如天賦一般的才華，所以不管是誰都無法模仿。

對了，我想要在這個島田山脈最高峰的一連串大作裡加上近作《惡魔島幻想》。它和前面提到的作品規模和魄力有其相近之處。不過和九〇年代的作品不同的是，這部作品無法以「推理小說」一言以蔽之，而是充滿了「詭譎」，以及異樣的魄力。唯一遺憾的就是御手洗潔沒有登場吧。總之，這部作品與其說是推理小說，更接近獨創的文學作品。

接著，雖然我這麼興奮激動地說了這麼多（突然清醒過來），但我想應該很多人沒辦法一入門就去攀登高山吧。因此，我想介紹的是《北方夕鶴2/3殺人》。發表之時，它僞裝成當時很流行的旅情推理，因此對這類作品沒興趣的人可能不會拿起來看，但是它的內容可是完全不一樣。這裡登場的不是御手洗潔，而是吉敷刑警。我是在高中的時候開始讀島田作品，當時基本上只有吉敷系列的新作可以看，所以比較熟悉的其實是這個系列。〈北方夕鶴〉的吉敷刑警超級帥氣。他爲了洗刷前妻的冤罪，拚命尋找眞相。因此本作除了有著滿身瘡痍地戰鬥的冷硬派，與時限懸疑小說的特色之外，還加入了「倒退走路的鎧甲武士！」、「出現在紀念照上的鎧甲武士！」的謎團。這麼奢侈的推理小說是要上哪裡找！而且小說本身並不厚重，幾乎可以說這本作品凝縮了島田莊司魅力和天才的百分之七十五。

或者是《俄羅斯幽靈軍艦之謎》。這是御手洗潔的長篇作品。故事圍繞著「蘆之湖上出現了軍艦，到底是從何處，又是怎麼出現的？」的謎團展開。在眞相和舞台設定之前，光是可以讀到御手洗潔和石岡的互動，我就覺得很幸福了。其實「御手洗系列中，不是厚重長篇的長篇作品」非常寶貴。光憑這一點，我就想強烈推薦。

有一本重要的作品絕對不能忘記，那就是吉敷系列的《奇想、天慟》。這部作品據說是島田莊司爲了證明自己的「本格推理小說理論」所構思的。充滿魅力的「謎團」接二連三出現。「從火車廁所瞬間消失的小丑屍體」、「爬起來的屍體」、「忽然出現的白色巨人」等等，簡直就是謎團的連續攻擊。然而這些謎團全都有符合現實世界邏輯的合理解釋，因此該說是亂來，還是天才的絕技？非常精采。講到吉敷系列，還有一本必須提，那就是《淚流不止》。可以說是吉敷和前妻愛恨糾葛集大成的一作。可以的話，最好先讀完「北方夕鶴」和《羽衣傳說的回憶》再來讀這本。我還是上班族的時候，趁著午休在公司旁邊的長椅讀完它。（我忘記是什麼場面了）總之在故事快結束時被吉敷的台詞或是別的打動，眼淚掉個不停，使得我很不好意思回去公司。

剩下的一本要選哪一本呢。個人覺得帶給我宛如在高速公路奔馳的老虎的速度感，讓我深刻覺得島田莊司就算不寫推理小說，也很有趣的《都市的黃寶石》；或是令我震撼於「原來可以利用鐵路寫出這種詭計嗎？」的《消失的「水晶特快車」》；還有讓我在學生時代，每次讀到終章都為之落淚的《灰之迷宮》都充滿感情。不過對於這些作品究竟適不適合拿來當成山脈入口，我實在沒有把握。於是我決定從非系列作中選出一本——《那年夏天、19歲的肖像》。我認爲這本是青春小說的名作。

對了，我之所以沒有選島田作品中最有名，同時也是國產推理小說史上最具價值的《占星術殺人事件》和《斜屋犯罪》的原因，並非有著「我才不要選大家都知道的作品」這種扭曲的優越感。沒錯，這兩部作品詭計擁有的破壞力確實是壓倒性的，沒有這兩部作品，我想也不會有現在的島田莊司。

只是我雖然同意攀登這兩座山的經驗眞的很美好，然而抵達景色優美山頂的路途實在太過艱險，對於新手來說，難度過高，我怎麼樣都無法擺脫這樣的想法。當然對於熟悉本格推理小說的人來說，這絕對是毫不費力的輕鬆旅程，然而對於不是這樣的人來說，可能爬不到一半就想打道回府了。因此我從以前就覺得「對島田莊司有興趣的人，一開始就讀《占星術殺人事件》」的狀況，實在高興不起來。因爲我認爲島田作品的魅力與本質在於「詭計」之外的部分（當然詭計也很厲害），透過閱讀其他作品，才更能享受島田作品的有趣之處。

十本島田莊司

《御手洗潔的舞蹈》（講談社文庫）

《黑暗坡的食人樹》（講談社文庫）

《水晶金字塔》（講談社文庫）

《異位》（講談社文庫）

《惡魔島幻想（上下）》（文春文庫）
《北方夕鶴2/3殺人》（光文社文庫）
《俄羅斯幽靈軍艦之謎》（新潮文庫）
《奇想，天慟》（光文社文庫）
《淚流不止》（光文社文庫）
《那年夏天、19歲的肖像》（文春文庫）

《書的雜誌》[2]二〇一三年五月號

2 這篇文章刊登之後，不是因為工作，不過終於有機會和島田莊司先生一起吃飯。我花了兩個小時以上的時間，述說了我對島田作品的熱愛（笑）還被同席的編輯說「第一次看到這麼熱情的伊坂先生」（笑）我從第一次讀到島田作品是什麼時候，到自己究竟為了什麼感動，講得沒完沒了。

英雄的必需品[1]

前幾天我看了剛發行DVD的《獸女》（The Woman，2011）。這是傑克．凱琛（Jack Ketchum）參與的電影，對內行人來說大概會覺得「怎麼現在才看」，不過這部電影很符合我的胃口。爲了還沒看過的讀者，我在此稍微介紹劇情（不想知道的讀者，可能不要讀這篇文章比較好，抱歉）。

故事中心是某個家庭。父親非常惡劣，簡單來說就是個虐待狂。他的行事作風完全是個支配者，隨心所欲地控制整個家庭。妻子和女兒都無法反抗他，過得戰戰兢兢，而長男就像是父親小弟一般的存在，而且還受了父親影響，同樣很惡劣。小女兒十分可愛，乍看是唯一的正常人，是個天眞無邪的幼兒，就像吉祥物一樣。

父親出去打獵，發現了野生的女人。野生的女人？或許有人會無法理解，但是沒錯，就是野生的女人。應該也有人想說眞的有這種人嗎？有的。

1 其實一開始寫的是關於「玩具店老闆」的內容。我小時候很流行鋼彈模型，對我來說當時的玩具店老闆就是英雄。每當星期六有新貨時，我就覺得那個老闆全身散發光芒。不過我站在對伍後方，所以買不到。只能看著排在前面的人買的新貨，羨慕地說「哇，是薩克II」（笑）不過當時，心酸的是我認識老闆，老闆不認識我，我心想有天一定要讓老闆認識我，所以寫了「所謂英雄就是這樣吧。」的文章。結果責編看了寫完我不知道這對凱探粉絲來說是不是很熟悉，不過就是會吃人的女人。食人女出現在河邊這件事情本身就很驚人，但是發現她的父親雖然畏怯卻也兩眼放光地打算抓到她並養在家裡，這點更令我驚訝。

他把女人帶到自家車庫，鍊了起來，命令家人開始飼養她。我本來以爲他會瞞著家人偷偷養，沒想這個父親的格局完全不一樣。居然是要求家人排排站好，指示他們要照顧這個女人。他對家人沒有任何祕密。

雖然是食人女，但是因爲被關住無法反抗，身體逐漸衰弱，還遭到各種折磨。令人看得壓力不斷累積。我對持續折磨、凌辱他人的父親感到十分憤怒，鬱悶地心想難道沒有方法可以教訓他嗎？甚至希望能夠有打破現狀的英雄登場。

我的心願終於實現。英雄出現了，不，獲得解放了。綑綁食人女的鎖鍊最後終於拿下。因爲是女性，所以該稱爲英雌吧，總之，獲得自由的食人女佇立的模樣十分帥氣，真是痛快，「拯救陷入困境者的正義伙伴終於降臨的喜悅」讓我雀躍不已。但仔細想想（不用想也知道）反正（？）是食人女，

的文章後說，「沒有其他趣事了嗎？」，「沒有。」（笑）雜文之所以難寫就是因為不能說謊，沒有的東西就是沒有。因此我好好地想了一陣，然後寫了當時看的DVD的事情。我很喜歡這部電影，但是因為有很異常的部分，所以無法積極地推薦大家看（笑）

根本不是什麼正義伙伴。接下來的行動絕對不是值得稱讚（也不能讓孩子看見），令人恐懼的場面，但我卻覺得彷彿看見了俐落登場的正義伙伴。爲什麼呢，我思考一會，發現關鍵在於音樂。食人女在戰鬥的場景始終搭配著帥氣的吉他樂，可能就是因爲這樣，我才覺得看到了「精采場面」吧。

結論就是對英雄來說，營造出「英雄該有的模樣」的音樂非常重要。

《野性時代》二〇一三年七月號

我不想公開談話

這篇文章的邀稿信上寫著「這麼說真的很失禮[1]，但我感覺您似乎不太擅長出現在公眾面前。」真是太失禮了！在這麼想之前，我只覺得對方果然很清楚啊。

我不擅長站在眾人面情，當然也不擅長公開講話。

不過仔細回想起來，我小時候不是這樣的。我小學時（也不是一馬當先）當過兒童會長，只要是學校活動，就會在全校學生面前說話，那也是一種公開談話吧。第一次雖然會緊張，但是漸漸就不在意了，我記得自己當時在上千個學生面前，站在講台上講話，一點都不會緊張[2]（我不禁覺得原來自己曾經有過那種時代嗎？這就像是有人跟我說以前的人類會追著猛獁象跑一樣）。然而，隨著我上國中、高中，年齡愈來愈大，我就變得「不想在人前說話」、「很緊張、很困擾」，成了我現在的狀況。

1 從《重力小丑》開始就一直很支持我的編輯調去雜誌《思考的人》編輯部，向我邀了這篇文章。從「真的很失禮」開始、如此失禮的文章（笑）讓我不自覺地笑出來，因此雖然不擅長寫雜文，我還是接下了。

2 這是演講者伊坂幸太郎的全盛時期（笑）

到底我是在何時何地變得不擅長公開談話呢？難道是在這件事情上有什麼致命的失敗，成了心理創傷的經驗嗎？不，我想沒有。

那麼究竟為什麼這麼緊張，我經常思考這件事。

站在眾人面前，沐浴在眾人視線之下，所以感到緊張，這我可以理解。然而，雖說是沐浴在眾人視線之下，可是事實上很多聽眾根本不會好好聽談人到底在講些什麼。就算朝會時，校長講了再多有好處的事情，之後根本不會記得。婚禮上的談話也是如此。當然，如果是口吐惡言，或是說了不該說的話，不管好壞，都會獲得眾人的關心。可是若是非常普通的內容，那麼大家只會看著說話者的舉手投足，漫不經心地聽著對方的話，根本不會在意內容。

因此被眾人注視這件事情本身，應該沒有必要感到恐懼。

和這件事情產生關係的應該是人類基本需求——想要獲得他人好評。說了好玩的話，被當成有趣的人，或是講了對他人有益的話，被當成優秀的伙伴，和這些願望有關。回溯起來，在追逐猛瑪象的時代（沒想到我又用了一次這個比喻）爲了獲得狩獵成果的配額，必須強調自己是「狩獵上必要的存在」，而現代人類繼承了這樣的習慣。換個角度看，這就意味著再也沒有比在集團裡被認爲是「沒有用的人」、「無聊的人」，更可怕的事情了。因此如果公開場合講了無聊的話就會緊張地想「會不會失敗而被人嘲笑？」、「會不會讓人失望？」

想到這裡，我總算是有些鬆口氣。之所以害怕、不擅長公開談話，並非我個人的性格問題，而是過著集體生活人類的根本反應。

我想要主張，「會想逃避公開談話這件事，對於過著集體生活的人來說是非常普通的事情！」

不過這世上可沒有那麼好混，能讓我堂堂正正地主張。雖然我盡量避免讓自己成爲必須公開談話的人物，不過盡量避免歸盡量避免，就像留心著安全駕駛還是會發生事故一樣，我還是會碰上怎麼樣也避不了，得在眾人面前講話的局面。

最近，我因爲工作前往台灣一趟。我本來就不怎麼喜歡海外旅行，一開始很提不起勁。不過因爲一些理由，我終於下定決心，決定訪問台灣。

去了之後，我過得很輕鬆，前來接機的人們都很親切溫暖，讓我很高興。不過我還是碰上了試煉。

我必須在記者與讀者面前講話。

「請先用中文和大家打個招呼。」對方提出這個建議，然後教我用中文打招呼。然而正式上場時，就連「我很緊張」的中文，我都因爲太緊張[3]而說不好，只能苦笑以對了。但我還是很努力地撐過許多記者的提問。只是，隔天早上看了翻譯給我看的新聞報導上寫著「抵達台灣的第一餐是三明治。雖然裡面有我討厭的小黃瓜，我還是忍耐著吃完了。」我覺得自己應該說了很多有趣的事情，記者怎麼會寫這一點呢？我覺得很驚訝，後來我想起來那是和主持人聊天時說的事，這讓我更驚訝了，那我有必要講話嗎？

我們從台北搭著新幹線移動，進行幾場在人前的活動。就像我前面所寫的，我並沒有特別想要講什麼「有趣的事情」或「想被稱讚」，所以我採取「不加修飾，老實交代」的方針。不過講完之後，還是獲得相當不錯的反

3　可能是發音錯誤的關係，大家都聽不太懂（苦笑）不過在那之後的對談，關於漫畫《灌籃高手》、電影〈環太平洋〉的話題反應都很好（說是這麼說，只是因為口譯小姐好好地幫我翻譯了我的話而已），我不禁覺得我和台灣的人們共享著我們都很喜歡的日本文化之類的東西。活動會場也都是很具歷史感的地點，東西也好吃，台灣之行真的很開心。

應。我覺得自己做得不錯，心情大好，然而和我同行的海外經紀公司的人卻這麼說，「應該是口譯花了一番功夫，把你的話翻譯得很有趣吧。」

什麼，怎麼可能！雖然我想否認，但確實無法完全否認。因爲我也不知道口譯小姐究竟說了什麼，而且她是反應很快的人。

不過我後來發覺了一件事。換個角度想，正因爲口譯小姐好好幫我翻譯了，所以台灣的讀者才沒有發現我其實很緊張，都要前言不對後語了。公開談話是透過語言而表現的事情，「語言之壁」在這裡倒是發揮作用，也不全然是壞事，讓我鬆了口氣。

但回國後，我在前陣子收到翻譯成日文的台灣雜誌報導，上頭這麼寫著，「伊坂老師可能很害羞吧，一直盯著地板看。」原來如此，就算語言不通，大家還是發現我很緊張啊。公開談話，眞的很可怕。

我的底牌

我正在寫預定從光文社出版的長篇《不然你搬去火星啊？》。雖然花了很多時間，但分量並不厚重。如果沒有什麼大狀況的話，應該能在二〇一四年出版。

明年一開始將會由新潮社出版短篇集《獻給折頸男的協奏曲》[1]。我陸陸續續修改至今爲止在四處發表的短篇小說，然後整合起來，作品之間出現了平緩又不可思議的連結。

在幻冬舍寫的短篇小說[2]也差不多可以集結成冊了。

還有一件事，我從三年前就開始進行的某本長篇作品[3]，才眞的是我的底牌，還不確定二〇一四年能不能讓它見到天日。

《這本推理小說了不起！》二〇一四年號

1 我和責任編輯討論過「如果是《獻給折頸男的奏鳴曲》就是『獻奏』了。」或者是《折頸男的交響樂》，就是「獻交」之類的（笑）因為「奏鳴曲」的意思不搭，所以最終決定為現在的書名。

2 這本是《小小夜曲》。

3 這本是《雷霆隊長》。這時候，我已經寫了八成左右，我抱著「要用這本書來打破各種閉塞感」的志氣。這個社會仍舊充滿各種痛苦、可怕的事情，而且最近出版界也沒什麼元氣，全體十分消沉。「至少在讀這本娛樂小說時，可以對抗這些陰暗的一面」我抱著這樣的心情拚命寫完書。而在書已經出版的此刻，我有些寂寞，也有點失去力氣的感覺。

2014年

木馬很恐怖[1]

雖然接到和馬年有關的文章邀稿，不過實在不知道要寫什麼。我一直都是碰到困難就會依賴書籍的個性，總之讀一些和馬有關的書。

根據《馬的世界史》（木村凌二著）的內容，馬「不會對飼料挑三揀四」、「地盤意識低落」、「不具攻擊性」、「很有好奇心」、「依賴心很強」等等人類喜歡的性格，有些甚至可能是被人類飼養後才進化出來的。實際上，現在幾乎沒有野生馬匹了。

這麼一說，就算只是歷史課本，都有很多馬活躍的場面。像是運送貨物的馬車、古代希臘的戰車、馬匹形狀的陶器、拿破崙肖像畫上那匹威風凜凜的紅毛馬等等，非常多。託馬的福，人類提升搬運能力、拉長移動距離，擴展行動範圍。如果沒有馬，或許人類社會的發展過程會有改變。

「馬耳東風、念經給馬聽（譯註）等等，和馬有關的諺語真不少。」聽

1　第十一年的生肖雜文。再一年就湊滿十二生肖，我內心湧起「聽牌啦！」、「終於看到終點了！」的感動，但是一點也不覺得寂寞（笑）

我這麼說，負責這篇文章的記者便說，「也有特洛伊木馬呢。」

希臘神話裡的特洛伊戰爭是非常有名的故事。希臘軍將巨大的木馬放置在敵軍城外，其中躲著希臘的士兵。敵軍特洛伊軍隊對這件事一無所知，將木馬運入城中。

「當特洛伊士兵鬆懈地舉行宴會時，從木馬出來的希臘士兵將城外同伴放進來，打贏了戰爭。其實呢，我有時候想到那個特洛伊木馬，就會覺得很恐怖呢。」我說。

「恐怖，爲什麼？」

「放心接受的東西裡其實藏著足以毀滅自己的事物該怎麼辦？你看，法律或制度不也這樣嗎？這些就像基於各種大義名分打造出來的木馬，一旦開始實行，從細節裡便冒出可怕的敵人，導致我們的生活陷入苦境。」

「你眞是會操心。不過從這個角度來看，去年通過的特定祕密保護法2

譯註：馬の耳に念仏，意思就是馬耳東風。

確實很恐怖。」

「是啊，那或許也是特洛伊木馬啊。」我雖然這麼回答，但覺得有點不太一樣。和特洛伊木馬不同，那條法律是在很多人審視下通過的。通過的法律當然會實施，即使如此，實際使用一定受到各方矚目。假使根據這條法律逮捕了第一個人，勢必會是大新聞，各方面應該都會出手確認眞假（大概）從這個角度來看，或許和鬆懈的特洛伊士兵例子不太一樣。

記者聽完便說，「可是特洛伊士兵中的確有人主張不可以讓木馬進城喔。好像叫拉奧孔吧。但他得罪了神明，結果被殺了。」這眞是太恐怖了。

「我不想知道這種事。」

「因爲是新年，應該要講點更明亮的事情比較好呢。讓大家都能幸福。」記者笑了。

我點了點頭，同時想起「賽翁失馬」這個故事。看起來是好事卻潛藏著壞事的可能性，而不幸的事情其實可能帶來幸運。這個故事的含意是，這個世上的幸或不幸是無法預測的。爲了小事一喜一憂也沒有意義，我們最多就

2　每年寫這篇文章的時候，總是會發生什麼事情。像是選舉之類的。我抱著希望寫了之後不會發生什麼恐怖的事情的念頭寫下了這件事。

只能祈禱罷了。就算不能幸福，至少是還算安穩[3]的一年。

中日新聞（晚報）二〇一四年一月十五日

3　將「馬馬」讀成「まーまー」算是冷笑話（譯註：原文爲馬馬穏やかな，作者將馬馬讀成mama，和「まま」，有「還算」的意思而產生諧音趣味。），不過這可是高級的冷笑話呢（笑）全世界的生肖雜文作家都會很驚訝吧。「這一招到底是怎麼回事！」自己這樣講，實在太無聊了，真是不好意思（笑）

「無國境文學團」問卷

「請告訴我們三本你所喜愛的現代文學[1]」

《生死疲勞》莫言　吉田富夫譯（中央公論新社）

《魂斷日內瓦》（Belle du Seigneur）

阿爾伯特・科恩（Albert Cohen）　紋田廣子譯（國書刊行會）

《IRAHAI》佐藤哲也（新潮文庫）

現在查了才知道《魂斷日內瓦》是很久以前的作品，只是到二十一世紀才翻譯成日文，所以我擅自認爲它是現代小說，眞是不好意思。不過，因爲我很喜歡這部作品，所以還是選進來。

「請問文學在二十一世紀的任務是什麼？」

現在（以我個人而言）自覺到文學沒有什麼任務這件事情，很重要。

1　如果能再追加的話，我想要加入薩爾曼・魯西迪的《午夜之子》、馬利歐・巴爾加斯・尤薩的《綠房子》和《潘達雷昂上尉與勞軍女郎》、大江健三郎的《換取的孩子》。每一本都很精采，看得我眼花繚亂。

「請問是否想過自己的作品翻譯成外語時，希望怎麼翻譯？或是翻譯成外語時，希望讀者怎麼閱讀？」

我希望作品中的滑稽不會消失，無聊的地方也能如實傳達出去。

《文藝》二〇一四年春季號

人氣作家54人大問卷！

「二〇一三年印象最深刻的書」

《絆腳草》[1]（Le Chiendent）（雷蒙・格諾）我實在不懂他究竟在寫什麼，但是很有趣。我也很喜歡《士兵們的肉體》（保羅・裘唐諾）。可以讀到《星籠之海》[2]（島田莊司）讓我覺得很幸福。還有就是重讀高中時讀過的《我的殺人》、《美奈的殺人》（太田忠司）仍舊很好看。漫畫的話，《補助隊》也看得很開心。

「二〇一四年的預定」

一月初會由新潮社出版短篇集《獻給折頸男的協奏曲》。書由各篇短篇一點一點串連，但結局讓人難以捉摸，和所謂的連作短篇集不太一樣，而像

1　世上真有這種文字本身不難懂，整體卻難以理解的作品，我很感動。

2　出版後，我一口氣讀完了。真的很好看。只是文案寫到「御手洗潔，日本最後一案」讓我很寂寞。見到島田莊司先生時還拜託他繼續寫（笑）。

積木一般不斷堆疊而成，我個人很喜歡。此外，應該還會出版其他新作[3]。

《KATSUKURA》二〇一四年冬季號

3　這是《雷霆隊長》。這時已經寫得差不多了，但還沒有決定交給哪家出版社。

「！」與「？」[1]

我經常會思考「文學」和「娛樂小說」的差異。雖然定義見仁見智，不是說哪一種比較了不起，不過我想兩者絕對大不相同。「娛樂小說」的「劇情」通常比較受到重視，也就是說當有人問「是什麼樣的故事？」可以回答「是這樣的故事，所以很有趣」。可以說娛樂小說準備高潮迭起的故事發展、能夠移情的登場人物，讓讀者享受過程，感受到「！」的情緒；與此相比，「純文學」的重點不在故事，更重要的是文章表現力、敘述方式、可以思索的部分與作品結構等等。要是有人問「是什麼樣的故事？」雖然還是可以說明，但還是會想回答「很難說明，不過很好看。」是讓讀者感受到「？」的小說。「！」與「？」之間並沒有任何高下之分，但是批評讓人享受「！」的作品說「不過就是有趣而已」，或是抱怨讓人感受「？」的作品說「不清不楚的」，我想就是搞錯狀況了。

1　我在寫某一篇短篇時，收到了編輯的感想，「我雖然喜歡『！』的作品，但『？』風格的作品也不錯。」我覺得很好懂，所以拜託對方讓我使用這個說法，抄襲了人家（笑）我對於《PK》的讀後感多少感到不安。出版單行本之後，編輯告訴我，「我在網路上看了讀者感想，幾乎都是『好難喔！』、『看不懂！』耶。」我心想不需要特別告訴我這種事情吧（苦笑）總之，出版文庫的時候，只好說明「這本來就是看不懂收錄在《PK》中的兩篇作品，都是來自文藝雜誌《群像》的邀稿。所謂的文藝雜誌就是「純文學」的雜誌，以我剛才的說法就是刊登（讀者希望他們刊登）「？」類型小說的雜誌。我一直以來都在創作娛樂小說路線的作品，該在文藝雜誌上寫什麼樣的小說，令我很煩惱。雖然我也想過不要多想，就按照一直以來的路線創作就好；然而難得有在文藝雜誌上發表作品的機會，我也希望喜歡「？」的讀者能夠接受我。可是說是這麼說，我也不希望寫出完全背對至今以來讀者的作品。煩惱到最後，我寫出乍看之下是「！」，最後是「？」的作品，就是標題作〈PK〉。或許我不該在這裡亮出底牌，不過這是一個「恐怖又悲觀的故事」；只是我不自覺地花了很多力氣讓它讀起來是個「光明的故事」。我接著寫了在〈PK〉執筆過程中想到的姊妹作〈超人〉，和後來接到科幻小說短篇集《NOVA》邀稿所寫的時間科幻小說〈密使〉組合起來，寫成和其他作品毫不相向的故事。那就是這本書。和我其他作品相比，這本書有很多「好難懂」、「看不懂」的反應，不過我原本就打算將「！」和「？」結合起來，或許這就是應得的結果吧。我這麼

的小說，沒關係的。」（笑）在那之後，我在文藝雜誌《新潮》上寫了〈像個人類〉和〈二月下旬到三月上旬〉。本來是打算寫成「！」的，結果收到的反應是「？」令我有些不解。真的是反覆著各種錯誤嘗試呢。對了，〈二月下旬到三月上旬〉將會收錄在二〇一五年七月初出版的第一本原創文庫《陀螺儀》之中。

說可能有些自以爲是，不過我認爲這是只有我能寫的小說，沒有其他地方會有和這本書類似的作品。

〈另一篇後記〉《IN POCKET》二〇一四年十一月號

我的底牌

《這本推理小說了不起！》出版時，《雷霆隊長》應該已經發售了。這是我和阿部和重先生的合作作品。講到合作，各位可能會以爲這是特別企劃下的產物，不過其實是我們互相修改對方的文章，就像藤子不二雄似地寫出來的作品，對彼此來說都是眞眞正正、使出渾身解數的全新小說。是只有一個人絕對寫不出來的娛樂小說。接著是這幾年一直預告的長篇作《不然你搬去火星啊？》終於寫完了，應該會二〇一五年上半年由光文社出版。

我有預感今年應該會出版不少文庫[1]。不過另一方面我也打算努力地寫新作。我預計要寫幾個過去作品的續集[2]，雖然有點擔心會被認爲點子用完了，但實際上我老早就已經爲點子所苦了。

《這本推理小說了不起！》二〇一五年號

1　包含這本在內，變成了「出道十五週年，新潮文庫三個月連續出版」的狀況（笑）老實說，這麼密集地出版文庫，讀者只會覺得困擾，對誰都沒有好處吧。不過這個世界也不光靠「利益和損失」來運作的（笑）。
2　「天才搶匪」系列的續集。

2015年

以咩還咩 1（譯註）

負責這篇雜文的記者打電話向我道賀，「恭喜。」我還搞不清楚狀況時，他說，「我第一次跟你邀稿是在猴年，寫完今年羊年的話……」

「原來如此，十二生肖都寫完了。」生肖雜文要結束了，這真是非常令人感慨啊。「不過，我想不出和羊有關的題材，很困擾。煩惱到都睡不著了。為了入睡，我開始數羊，結果想到生肖雜文，根本就是惡性循環。」

「伊坂先生，請安心。你不是每年都沒有題材嗎，而且還每年都寫一樣的事情，總是對社會有著一種模糊的不安。」

這麼說來，好像眞是如此。不管什麼時候，我都很擔心這個世道。我從小就是這樣，無可奈何。小學時的生活還算得上和平，日本經濟持續成長。前景非常看好，不過美蘇冷戰時代一觸即發的緊張感，以及四處流傳的核子武器數目多到足以毀滅世界幾十次的說法，都讓只是孩子（正因為是孩子）

1　生肖雜文終於來到最後一年了。十二年真是非常漫長。這麼長的時間，一直向我邀稿的中日新聞，以及負責這個單元的M先生，真的非常感謝你們。如果有「完成生肖雜文馬拉松的人了不起！」排行榜的話，我有自信我能排進前三名。

的我覺得不管是多麼安穩都不能安心。擔心著大人不知道何時會露出猙獰的本性，開始打仗。

「這可以用『披著羊皮的狼』來表現呢。」我說，「現在的孩子應該不一樣了吧。」

現在也到處都有可怕的事情和資訊。託網路的福，可以更容易地大量獲得這些訊息。再加上，日本經濟現況稱不上優良，不管怎麼說，裡外都不能掉以輕心，所以就是「披著狼皮的狼」。身處這種時代的孩子可能早就不再擔心，而是進入豁達（好壞都有）的境界了。

「伊坂先生，我聽你這麼說，想到一件事。也就是說，不管過去或現在，社會的本質就是狼啊。既不像羊那麼溫順，也不可愛，無法控制。一不小心，就會咬你一口。」

「這真的很恐怖。每次看新聞，我嘴上老是掛著很擔心、很擔心，但我

譯註：和日文的「以眼還眼」諧音。

自己也漸漸變成狼少年了。」

「就是披著羊皮的狼少年呢。」

我想起「讀書亡羊」這個四字成語。負責看管羊的人，因爲沉迷讀書，等到他發現時，羊已經不見了。這個成語的意義似乎是「若是被其他事情轉移注意力，可能會犯下重大的錯誤。」不過我覺得整體而言有種悠哉可愛感，是我很喜歡的一句話。但是，我也覺得愈想愈恐怖，「大家很沉迷於讀書這類娛樂，以現在來說就是沉迷於滑手機，或許有一天大家抬頭一看，發現那些乖巧的羊群……」

「不見了？」

「變成狼了。比起這篇生肖雜文剛開始的猴年，現在的日子更艱難了。社會上甚至有種要以眼還眼、以牙還牙的氣氛，讓人覺得很黑暗。既然如此，如果是以招呼還招呼，『以咩還咩』[2]的社會就好了。」

我覺得這個結尾甚爲巧妙，但記者卻一言不發地掛了電話。他雖然很親切，但其實是披著羊皮的狼嗎？

2　我又寫了和前年馬年的「馬馬」唸成「まーまー」一樣的冷笑話（笑）就是只有這麼一招（笑）就這麼結束之後，多少有點寂寞，不過如果生肖會大換血也罷，但是同樣的動物要再寫一次，實在太痛苦了（笑）因此，我想就這麼結束吧。說不定之後會突然復出，但至少今年我已經完全不在意明年的生肖是什麼了（笑）

不過總而言之，希望各位讀者都能過個好年。

中日新聞（晚報）二〇一五年一月十三日

人氣作家58人大問卷！

「二〇一四年印象最深刻的書」

《圖靈的妄想》[1]（Turing's Delirium）（恩穆多・帕茲・索丹，Edmundo Paz Soldán）或許可以稱之為「巴爾加斯・尤薩的孩子」世代的作家吧。我不自覺地對他產生親近感，我想讀更多這位作家的作品，希望還會有其他作品翻譯進來。

「二〇一四年印象最深刻的事」

怎麼說都是四年前開始進行，和阿部和重先生合作的《雷霆隊長》終於出版，這最讓我開心。

1　我是在書店的巴爾加斯・尤薩作品區附近發現這本書的。是帶著間諜娛樂小說風格的作品，非常好看。

「二〇一五年的預定」

二月將會由光文社出版全新長篇小說《不然你搬去火星啊？》最後變成一本結構和內容都很奇怪的少見長篇小說。在這之後，沒有任何可以發表的稿子，我會繼續加油。

《KATSUKURA》二〇一五年冬季號

Bonus Track

尺[1]

我的房間裡有一把尺，插在我寫稿桌上的一個桶狀小筆筒裡。那是三十公分長、塑膠製，上頭印著不知道是昆蟲名稱，還是公司名稱的廠商販售標誌。老實說，我從小學就開始使用這把尺，沒必要換新的。

其他文具，像是橡皮擦會隨著使用次數愈來愈小，原子筆的墨水則會漸漸變乾，然而尺不會發生這些事。既不會劣化，也不會消耗。

我從筆筒裡抽出尺，看著它。這時，腦中忽然浮出一個疑問。

製作尺的公司到底怎麼持續經營呢？

到底什麼時候人們會想到要一把新尺呢？

我用力搖搖頭，現在不是在意尺的時候。眼前是十一月出版的新作樣書。明明「野鴨」和「家鴨」跟故事都沒有關係，真的可以用在書名上嗎？

1　出版《家鴨與野鴨的投幣式置物櫃》時，在網路上接受讀者預購簽名版。不過因為是在出版後才簽名的關係，所以讀者會晚一點才收到書。對於特地預購簽名版的讀者無法在發售當天就拿到書，覺得很抱歉，所以我請出版社讓我加上附錄。題材是我從以前就很在意的到底什麼時候才會買新的尺？所以就⋯⋯（笑）變成了很奇怪的故事，我很喜歡。

我正在反省這件事。

爲了轉換心情，我站了起來，結果膝蓋撞到桌腳。

啊。

因爲撞擊引起的震動，書桌邊緣的尺從桌側落下，無聲地消失了。

我立刻窺看牆壁和書桌之間的縫隙，什麼看不見。我一直以爲桌子緊貼著牆壁，完全不知道原來之間有道縫隙。雖然只有一點點，但的確有空間。

我想知道那道縫隙到底幾公釐，但有尺才能測量，然而尺掉進縫隙了，我束手無策。

我恨恨地嘖了一聲，忽地想到「說不定就是有人會這樣把尺弄不見，所以新的尺才賣得出去吧。」不過我立刻打消念頭。因爲這不能算弄丟尺，有很多可以撿起來的方法。

我選擇「釣起來」。

首先，我找出風箏線，剪成和桌子高度一樣的長度，再剪了短短的膠帶做成簡單的雙面膠帶，貼在風箏線前端。我打算用它代替釣魚線，垂落在牆壁和書桌之間，並將尺拉起來。

我伸長脖子，瞇起一隻眼睛。好暗。沒辦法確認到地板的距離，而且滿是塵埃。

總之，我嘗試著將黏著膠帶的那一端垂下去。

一開始什麼感覺都沒有，不過當我要把風箏線拉回來時，忽然出現不同的手感。

嗯？我覺得風箏線被拉扯了，雖然力道不是很大，但明顯有異。腦中掠過莫非是膠帶黏住尺的期待，不過看來並非如此。

重量增加了。

我又湊進縫隙，但什麼都看不見，眼前只有數公釐的黑暗空間。不過取而代之的是，縫隙深處傳來唰唰唰的聲音。

我戰戰兢兢地將耳朵貼近縫隙，立刻毛骨悚然起來。

那彷彿是從無底深井攀爬上來的聲音，又像是從無底深淵湧上來的聲響，我聽得清清楚楚。

我把耳朵湊近。那像是因風造成的空氣外漏，雖然很微弱，但聽來宛若人聲。低語的聲音。我的背上竄過一陣寒意。

ㄕˋ ㄒㄢˋ。

我清楚地聽見了這個聲音。比起聽到聲音這件事，那個聲音隱含的異常令我起了雞皮疙瘩。那道微弱的聲音，帶著興奮、激昂和迫切，混合成一種難以形容的魄力。

我手中的線稍微往下沉。微妙的震動透過線傳到我的右手。是蟲嗎？我這麼懷疑，難道蟲要沿著線爬上來了嗎？這時我又聽到那個聲音。

是線。

那聲音這麼說。雖然是低語聲，雖然很微弱，但那幾乎是尖叫了。

這時從更深處響起不知道是吶喊或是吼叫，十分詭異的喊叫聲。一道呻吟聲傳入我的耳內。

那道只能說是地鳴的聲音非常類似在賽馬場第四區，握著萬馬券的男人一起發出的慾望之音。

爬上去！爬上去！爬上去！

我確實聽見這樣的大合唱。雖然是宛如昆蟲振翅的低語，但那確實是合唱。要壓垮我一般迎面而來、雪崩般的呻吟。

加諸線上的力道愈來愈強，雖然不到撐不住，不過因爲太詭異，我發不出聲音。

顯然有什麼東西在書桌和牆壁之間蠢蠢欲動，發出喊叫。

是線是線是線快點快點快點好痛不要推我什麼啦糟糕了卑鄙的傢伙從上面踹我絕對不會放過你快點爬上去爬上去不要推我不要推我不要推我不然會變成前面那個混蛋那樣喔線斷掉怎麼辦總之快點爬上去啦

我彷彿看見骨瘦如柴的手腕抓住線，睜大雙眼，拚命爬上來的人們的臉孔及姿態。

那是和蟑螂差不多尺寸，又像蟑螂一樣密集，卻不像蟑螂那麼好對付的存在，那是一大群陷入瘋狂的人。

這麼一想的瞬間，我全身毛骨悚然。手腕起了雞皮疙瘩，察覺時，我已經放開線。那條線無聲掉下。

我屏住氣息，往後退一步，面對著書桌。

心臟跳得飛快，恐懼讓我牙齒打顫。

書桌看起來什麼事情也沒有，動都不動。我已經聽不到聲音了。但是，我再也無法把臉湊近書桌縫隙。

我嘆了口氣，拉開抽屜，取出錢包，穿上襪子，走向玄關。

我鎖上玄關門，這才理解，原來這就是要買新尺的時候。

《家鴨與野鴨的投幣式置物櫃》預購簽名版特別附錄

靈魂車站[1]

一點好事也沒有，而且還發生三件壞事，當這樣的一天結束，我搭上回家的地鐵。抓著吊環時，旁邊的男人哼著一首歌[2]。我當然很不愉快。不過看到他閉著雙眼，臉上露出忍耐著疲勞和不安的表情，顯然因爲日常生活疲憊不堪。我心想原來他是要替枯萎的自己澆水，才會哼著那首歌啊。這麼一想，他哼唱的旋律瞬間充滿魅力，眞是不可思議。

他在下一站下車後，我不知不覺地小聲哼起那個旋律。就像他的哼唱宛如感冒病毒似地留在車廂內，傳染給我。和一首有名的爵士曲一樣。站在我旁邊的高個女性訝異地看著我。我不好意思地閉上雙眼和嘴巴。然而方才的旋律立刻充滿我的腦中，忍不住要唱出來，因此我稍微唱了一下。我有覺悟會被斥責吵到其他人，然而其他乘客什麼也沒說。

隔天早上，地鐵上在我身邊的年輕人哼著一首歌。我若無其事地豎起耳

1　這是和我很親近的策展者小西利行先生為了BLUENOTE東京和東京METRO合作的企畫的邀稿。很多人寫的話都會貼在地鐵車廂內，而我寫了一個短短的故事。

2　〈靈魂車站〉（Soul Station）是漢克·莫布利（Hank Mobley）的爵士專輯。我非常喜歡這張專輯，我記得應該是我上大學時買的第一張專輯。因此，我覺得既然企畫和電車有關，那麼加上「車站」也不錯吧。應該

朵，發現他哼唱的旋律和我昨晚唱得非常類似，就像傳話遊戲裡的話語會逐漸變形一樣，他哼唱的旋律加入他自己風格。我將這件事情算到今天碰到的好事裡。

「說一些關於音樂的事情吧／32 for music exhibition／
喜愛音樂的32人的言語展覽『音樂列車』」
東京METRO X BLUENOTE東京X棉花俱樂部／二〇〇九年四月

是這次收錄作品中相當特別的作品吧（笑）

後記（到這本書誕生爲止）

在雜文集裡寫出「我很不擅長寫雜文」這句話實在很不好意思（這就像是去天婦羅店，老闆說「我其實很不會炸天婦羅」一樣。）不過我確實對於寫雜文這件事情感到心虛。該說是餅就是要找餅店嗎？寫小說的人本來就應該專心寫小說，專研各種小說的技巧和功夫，因此我多少認爲雜文也應該是爲了雜文費盡各種技巧和功夫的人才能寫。而且我是徹頭徹尾的平凡人，過著平凡的日子，除了創作的故事，沒有自信讓別人因爲我的日常而開心，這是最大的理由。

因此，我始終都是如果接到雜文邀稿，都盡可能拒絕。然而，如果是親近編輯的邀請，我會希望回應他們；而根據雜文的企畫內容，也會碰上想要嘗試的時候——不，基本上都是我無法拒絕編輯的邀稿，所以就這麼斷斷續續地接受了。但也因爲如此，我完全沒有出版雜文集的打算。

不過幾年前，從我出道之初就一直擔任我責任編輯的新井先生，忽然建議我「出道十週年的那天如果到來，要不要把雜文整理一下呢？」當時我（悲觀地）想「這個工作大概無法做到第十年吧。」所以很輕鬆地答應他了。而且就算眞的做到第十年，這件事情應該也會不了了之吧，內心這麼期待著。但在一年前，新井先生唐突地對我宣布，「既然要做雜文集，那就讓它的出版日和出道作（在版權頁上）同一天吧。」

原來眞的要出版雜文集啊，我這才有了自覺，同於也覺得既然有「出道十週年」這個名義的話，那麼把不擅長的雜文整理一番也不錯。不如說如果沒有十週年這個時機（藉口），我也很清楚自己是不會想出版雜文集的。

因此，這本書便這麼誕生了。

重新回顧這次收錄的雜文，再次理解到我過的日子到底有多麼平凡（毫不刺激）（這也是理所當然）深刻地感受到每次都講一樣的事情。不過，不管哪篇原稿都還是有著專屬的回憶和想法，又覺得這樣整理起來也挺好。

出版決定後，從《投稿指南》那裡接到第一篇雜文的邀稿時，我至今都還能清楚憶起當時打電話詢問「什麼是校樣稿？」的不安，以及「有邀稿了」的喜悅。從那之後過了十年，有種自己走到了很遠的地方，卻同時覺得自己一直都在原地的複雜情緒。

最後，因爲我始終認爲在這裡寫出出版社的人的名字會有種只有自己人才懂的感覺，我通常盡量避免。不過既然這次是「十週年雜文集」，那麼我想寫出來應該符合本書定位。

下定決心要出版這本雜文集的編輯新井先生今年起調去別的單位，接下他工作的大庭先生替我編了這本書。他說因爲是十週年出版，所以是三百六十五日乘上十年，再加上有兩次閏年，因此是三千六百五十二日，本書書名就這麼決定了。

至於封面，三谷龍二先生替我做了新作。「雖然一樣是用三谷作品，不過希望和小說有不一樣的風格。」面對我這麼任性的要求，一直以來負責我（從新潮社出版）作品的裝幀室設計師大瀧先生也確實回應我了。

非常感謝各位。

最後，不只是這本書，一直以來都讀我作品的各位讀者，我真的打從心裡感謝你們。真的非常感謝。

文庫版後記

出道十週年時，這本雜文集出版了單行本。經過五年後，出版文庫版，追加收錄了這段期間斷斷續續寫的雜文和解說。

值得一提，這次能收錄全部每年一月中日新聞上刊登的生肖雜文（單行本收錄的是猴年到虎年），讓我有很大的成就感。

閱讀自己以前的文章多少會不好意思。很多時候會覺得「現在不會這樣寫了。」不過一方面又覺得從以前就反覆在寫同樣的事情。

和本業寫小說花費不同精力寫成的這本書，若是各位讀者也能讀得愉快，我會非常開心。

關於收錄在單行本裡的〈在峩峩溫泉邂逅溫泉仙人〉因爲收錄在和本書幾乎同時出版的《仙台生活》（集英社文庫）中，所以在此割愛。

伊坂幸太郎作品集27

沒關係，是伊坂啊！他的3652日

3652：伊坂幸太郎エッセイ集

原著書名　3652：伊坂幸太郎エッセイ集
原出版社　新潮社
作　　者　伊坂幸太郎
翻　　譯　張筱森
責任編輯　詹凱婷
行銷業務部　徐慧芬、陳玫潾
版 權 部　吳玲緯、蔡傳宜
編輯總監　劉麗眞
總 經 理　陳逸瑛
榮譽社長　詹宏志
發 行 人　涂玉雲
出　　版　獨步文化
城邦文化事業股份有限公司
104台北市中山區民生東路二段141號5樓
電話：(02) 2500-7696　傳眞：(02) 2500-1967
發　　行　英屬蓋曼群島商家庭傳媒股份有限公司城邦分公司
104台北市中山區民生東路二段141號2樓
讀者服務專線：(02)2500-7718；2500-7719
24小時傳眞服務：(02)2500-1990；2500-1991
服務時間：週一至週五　上午09:00～12:00　下午13:00～17:00
讀者服務信箱E-mail：service@readingclub.com.tw
劃撥帳號：19863813　戶名：書虫股份有限公司
香港發行所　城邦（香港）出版集團有限公司
新址：香港灣仔駱克道193號東超商業中心1樓
電話：(852) 25086231　傳眞：(852) 25789337
E-mail：hkcite@biznetvigator.com
馬新發行所　城邦（馬新）出版集團　Cite(M)Sdn Bhd
41, Jalan Radin Anum, Bandar Baru Sri Petaling,
57000 Kuala Lumpur, Malaysia.
電話：(603) 90578822　傳眞：(603) 90576622
email:cite@cite.com.my

城邦讀書花園
www.cite.com.tw

封面設計　高偉哲
排　　版　游淑萍
印　　刷　中原造像股份有限公司

初版一刷　2019年（民108）3月
初版三刷　2019年（民108）4月
定價　380元
ISBN 978-957-9447-30-0

國家圖書館出版品預行編目資料

沒關係，是伊坂啊！他的3652日 / 伊坂幸太郎著，張筱森譯. 初版. -- 台北市：獨步文化：家庭傳媒城邦分公司發行, 2019〔民108〕
面；　公分. --（伊坂幸太郎作品集：27）
譯自：3652：伊坂幸太郎エッセイ集
ISBN 978-957-9447-30-0（平裝）

861.57　　107009038

獨步文化
APEX PRESS

廣 告 回 函
北區郵政管理登記證
台北廣字第000791號
郵資已付，免貼郵票

104台北市民生東路二段 141 號 2 樓

英屬蓋曼群島商家庭傳媒股份有限公司
城邦分公司

請沿虛線對摺，謝謝！

獨步文化
APEX PRESS

書號：1UF027　　**書名**：沒關係，是伊坂啊！他的3652日　**編碼**：

請於此處用膠水黏貼

獨步文化 APEXPRESS

讀者回函卡

謝謝您購買我們出版的書籍！
請費心填寫此回函卡，我們將不定期寄上城邦集團最新的出版訊息。

姓名：＿＿＿＿＿＿＿＿　性別：□男　□女

生日：西元＿＿＿＿年＿＿＿＿月＿＿＿＿日

地址：＿＿＿＿＿＿＿＿＿＿＿＿＿＿＿＿

聯絡電話：＿＿＿＿＿＿＿＿　傳真：＿＿＿＿＿＿＿＿

E-mail：＿＿＿＿＿＿＿＿＿＿＿＿＿＿＿＿

學歷：□1.小學 □2.國中 □3.高中 □4.大專 □5.研究所以上

職業：□1.學生 □2.軍公教 □3.服務 □4.金融 □5.製造 □6.資訊
□7.傳播 □8.自由業 □9.農漁牧 □10.家管 □11.退休
□12.其他＿＿＿＿＿＿＿＿

您從何種方式得知本書消息？
□1.書店 □2.網路 □3.報紙 □4.雜誌 □5.廣播 □6.電視
□7.親友推薦 □8.其他＿＿＿＿＿＿＿＿

您通常以何種方式購書？
□1.書店 □2.網路 □3.傳真訂購 □4.郵局劃撥 □5.其他

您喜歡閱讀哪些類別的書籍？
□1.財經商業 □2.自然科學 □3.歷史 □4.法律 □5.文學
□6.休閒旅遊 □7.小說 □8.人物傳記 □9.生活、勵志 □10.其他

對我們的建議：＿＿＿＿＿＿＿＿＿＿＿＿＿＿＿＿

□我已詳讀權利義務之相關條款，並同意遵守。

請於此處用膠水黏貼